Pour Pierrette

À Dongora, coulera à nouveau la rivière

Car je crois, moi, comme lu certain que la Femme est l'Avenir de l'Homme

AMICALEMENT

Jauste

Luxembourg le 19/03/11

Du même auteur :

Douze pour une Coupe, Présence Africaine – Paris, 1987.
Fatoba, l'Archipel Mutant, L'Harmattan – Paris, 1992.
Après les Nuits, les Années Blanches, L'Harmattan, 1993.
Pourquoi, diable, ai-je voulu devenir journaliste ? Menaibuc – Paris, 2004.
Orphelins de la Révolution, Menaibuc, 2004.
Le bogue réparateur, L'Harmattan, 2005.
Trente-deux ans de rétention, Menaibuc, 2006.
Pourquoi, diable, n'ai-je pas été un griot ? Ganndal – Conakry, 2006.
Pourquoi, diable, ai-je voulu devenir journaliste ? éd. augmentée, 2007.
Pourquoi, diable, n'ai-je pas été un... poète ? Ndze – Paris, 2010.

Photo de couverture : MGK (D. R.)

ISBN : 978-2-36013-053-5
© Riveneuve Editions, 2011
75, rue de Gergovie
75014 Paris

Cheick Oumar KANTÉ

À DONGORA, COULERA À NOUVEAU LA RIVIÈRE

Roman

« Nombreuses sont les merveilles
Au pays, impossibles à retrouver,
Après ma trop longue absence.
Parmi les défuntes, ma belle Dongora,
La rivière du quartier de ma naissance.
L'on y porterait au réveil,
À très juste raison,
De la bonne laine angora
En une certaine froide saison ! ...
Avec elle, mon imaginaire enfantin m'a été enlevé ! »

Extrait d'un poème de
Pourquoi, diable, n'ai-je pas été un... poète ?

Elle s'appelle Lane, Jessy Lane

[Que dire à Gando ? C'est, me semble-t-il, ce que se demande Jessy depuis un certain temps. Pourquoi, donc, ne pas lui suggérer ce florilège de réflexions d'autant plus pertinentes qu'elles sont les siennes propres ? Celles de Jessy, s'entend ! Alors, peut-être, après avoir bien choisi le lieu, le moment et la manière, elle pourra, sans plus attendre, faire sa déclaration à son auditeur favori.]

– Mon auteur chéri ! Au temps, pour moi, mon écrivain préféré ! Sous ta belle plume, j'aimerais lire autre chose maintenant. Une saga, par exemple ou même un roman à l'eau de rose, une pièce de théâtre ou un livre de jeunesse, une bande dessinée ou de la poésie... Non, peut-être pas encore de la poésie ! Pas pour le moment comme, en plus de ne pas nourrir son auteur, elle le consacre souvent à titre posthume.

Écris-moi, que dis-je, écris-nous… quelque chose – je ne sais pas trop quoi, à vrai dire – qui nous change de l'empathie que tu peux, en toutes circonstances, susciter aussi bien pour ton pays que pour ton continent et même, d'une façon générale, pour l'humain dont tu préfères te réclamer plutôt que de toute autre appartenance identitaire ! Quelque chose qui te fasse vendre des… tonnes de livres. Un texte qui te fasse traduire dans le monde entier et couvrir de prix que je souhaite nombreux. Il ne tiendrait qu'à moi, tu en recevrais autant que les pétales de roses rouges, blanches et roses, autant que les brins de muguet et autres boutons de mimosas détachés des bouquets que tu m'as offerts en diverses occasions depuis notre première rencontre. C'était, il y a vingt-cinq ans, – te rappelles-tu ? – autour de la… Non, je ne vais quand même pas éventer tout de suite notre secret, un des nœuds durs du grand texte que je voudrais te voir illico mettre en chantier.

Il est temps, grand temps d'entamer l'écriture du livre qui installera ta notoriété enfin, à sa juste hauteur… Avec ta permission, j'ai lu l'intégralité de tes travaux avant leur édition. J'ai aimé l'ensemble et l'ai fait lire autour de moi à chaque publication, en achetant plus ou moins d'exemplaires pour les offrir.

Mes parents, mes voisins, mes amis, mes relations, mes collègues ont été, à l'unanimité, séduits par ton imaginaire bien servi par une langue que tu as si goûteuse, si savoureuse, j'allais dire ! ...

Excuse-moi, si je joue un peu au critique littéraire ! La période curieuse que nous vivons m'y oblige : les professionnels ne seraient plus en mesure de lire, non pas tous les livres, mais plus aucun du tout, au prétexte d'en être inondés. Ce qui justifierait qu'ils se contentent, désormais, de ponctuer d'avis plus promotionnels qu'analytiques de simples copiés/collés d'extraits de quatrièmes de couvertures quand ils ne relaient pas des louanges d'amis des écrivains les plus en vue, les mêmes tous les ans, pour donner l'illusion de rendre compte de l'activité éditoriale.

« Magistral. Époustouflant. Envoûtant. Un petit bijou. Un grand et beau livre. Un roman sombre, troublant. Un roman intense et fulgurant. Un roman majeur. Un sommet de la littérature. Ceux qui ont aimé ses précédents romans vont adorer ce tout nouveau. L'on reste scotché face à ce magnifique roman. L'un de ses plus beaux livres. Un romancier au sommet de son art. Un livre qui ne va pas vous lâcher. Une musique qui n'est qu'à lui. Une prose somptueuse. Une œuvre littéraire unique... »

— Du travail de critiques seraient ces entrefilets rachitiques paraissant dans la presse écrite désormais incapable de parler de littérature tous les jours et, de toute façon, plus jamais sous la forme de feuilletons à suspense par exemple ? Des florilèges d'observations générales, oui. Répétées telles quelles ou dans des versions encore plus minimalistes à la radio et à la télé, elles font vendre beaucoup de livres parmi les moins bien finis. Trop belles comme perles, elles pourraient faire penser, en effet, à des appréciations de professeurs principaux à l'issue de conseils de classes. Mais elles n'en ont même pas la pertinence puisque sur les bulletins scolaires apparaissent, de manière toujours évidente, les forces et les faiblesses des élèves, éléments de jugement jamais reflétés par ces espèces de vraies fausses notes de lecture.

De maigres extraits des œuvres ne sont donnés que quand ces dernières riment à merveille l'attribut « graveleuses » avec l'épithète « scandaleuses ». Mieux, quand elles sont accusatrices ou plutôt dénonciatrices et donc évocatrices, forcément, de perversités et de sévices, sexuels de préférence, d'autant plus croustillants à avouer qu'ils ont été subis sous la férule de proches. Sensationnelles à souhait, lesdites citations sont pour les gazettes, aussi, très vendeuses.

Écritures pour le moins spécieuses, certaines autres littératures sont brandies tels des étendards pour défendre et illustrer leur prétendue inventivité parolière, à vrai dire leur entreprise de dynamitage de la langue élaborée, consacrant ainsi une soi-disant rupture avec l'académisme désuet, ringard, que fustigent avec délectation certains « chroniqueurs littéraires ». Car, l'on réalise bien, enfin, que seuls quelques rares périodiques offrent encore les « Bonnes Feuilles » plutôt minces, il est vrai, d'un nombre restreint d'ouvrages d'auteurs, très privilégiés, pour la… beauté de la langue dans laquelle ils écrivent, pour le raffinement de leur imagination et pour les subtilités des intrigues qui sous-tendent leurs histoires.

Un seul conseil à donner aux « tenanciers » de ces fameux *Cahiers Livres*, zones de relégation hebdomadaire de la littérature pour la bonne conscience des directeurs de quelques grands Quotidiens :

« Offrez donc à des gens autour de vous, à la seule condition qu'ils acceptent d'en rédiger des notes de lecture, les trop nombreuses publications reçues en service de presse ou, en tout cas, toutes celles que vous ne présenterez jamais puisqu'elles ne sont pas truffées de passages émoustillants.

Faites paraître dans vos journaux les recensions obtenues, signées du nom de leurs vrais auteurs ou de leur pseudonyme ou de celui, générique, de la rédaction quand certains de ses membres ont trouvé le temps de relire ces collaborations extérieures bénévoles pour les corriger et les saupoudrer de leur sel dont ils ont un tant soit peu accepté de moudre les grains. Au lieu de laisser des œuvres, bonnes ou médiocres, s'entasser dans des cartons pour les jeter sans discernement quand elles seront devenues encombrantes.

Leur lecture ne serait perdue pour personne et des amateurs prouveraient qu'ils sont parfois fondés – peut-être même mieux ? – à informer vos lecteurs sur l'état de la littérature contemporaine, plus riche que ne l'estime cet entre-vous péri et para-éditorial plutôt lymphatique. »

– Mais je digresse un petit peu, je m'égare. Révoltée que je suis par le constat que nombre d'auteurs de ma riche bibliothèque ont bâti leur célébrité sur ce zeste de talent moussant dans un cocktail sirupeux, le tout bien frappé et secoué par des copains du métier, réactifs au claquement des doigts, alors que la tienne de qualité, appréciable, reste encore quelque peu confidentielle. Le comprends-tu ? …

C'est dans ce style jamais relâché qui est le sien que Jessy Lane pourrait égrener à n'en plus finir des considérations littéraires d'une densité inestimable. Elle a été enseignante, il faut le savoir, dans la première partie de sa vie active. Ceci, à n'en pas douter, expliquant cela. Mais, malgré des propos toujours tendres et, par moments, bien équivoques à l'égard de Gando, elle n'est ni sa femme ni son amante ! Elle est juste une grande lectrice ayant eu l'opportunité de côtoyer son auteur favori avec qui elle a tissé une amitié génératrice d'une étroite proximité et d'une connivence d'esprit singulière.

L'écrivain constitue pour elle un réservoir d'affection d'une telle pureté, une source d'amitié si limpide, un océan de complicité à ce point vaste, qu'elle n'a pas pu l'imaginer un seul instant devenir un partenaire en amour, par exemple, aussi avantageux qu'il aurait pu l'être sur tous les plans, somme toute.

À l'identique, la lectrice est en retour de l'intelligence personnifiée pour l'écrivain mais aussi et surtout de la disponibilité. Attirante, *apparemment*, elle aussi l'est, même sans le faire exprès, la cinquantaine *assurément* révolue mais très bien vécue. Pas *simplement* conservée est Jessy Lane, comme on aime souvent le prétendre à propos de spécimens de « la gent féminine » et masculine aussi, désormais, ne laissant que trop percer sous des dehors charmants la dextérité sur eux des chirurgiens et autres esthéticiens au sommet de leur art.

17

Face à Jessy, la faiblesse de tout être *sensuellement, érotiquement, normalement* (?) constitué est compréhensible voire excusable. Il est pour le moins méritoire donc que la plus petite diversion ou le simple égarement ni la moindre confusion n'aient, même *momentanément*, jamais parasité les relations entre Gando et Jessy par la grâce et les vertus de leur cause commune *éminemment* amicale et littéraire.

[Je réalise que j'ai utilisé huit adverbes en *ment* dans les deux paragraphes précédents alors que je n'y ai pas eu recours depuis le début, comme on peut le vérifier. Je réécris « en direct » ces passages. Pour montrer aux ayatollahs de la langue que leurs fatwas contre les adverbes, les adjectifs et toutes autres structures ou nomenclatures lexicales et grammaticales seraient ridicules parce que faciles à respecter si elles n'étaient pas mortifères pour la littérature :

*« ... d'apparence **attirante**, elle aussi l'est, même sans le faire exprès (...) la cinquantaine révolue de façon sûre... Pas juste **conservée**, comme on aime souvent le prétendre (...) La faiblesse de tout être sensuel, érotique, normal (?) aurait été compréhensible voire excusable. Il est pour le moins méritoire donc que la plus petite diversion ou le*

***simple égarement ni la moindre confusion n'aient, même** par moments, **jamais parasité les relations entre Gando et Jessy par la grâce et les vertus de l'**éminente **cause amicale et littéraire commune.** »*

Je promets de ne plus y prêter attention en racontant la suite de l'histoire. Même si je ne suis pas narrateur à penser que le premier jet est toujours le bon sinon le meilleur comme se plaisent à le proclamer certains confrères et leurs auteurs par coquetterie.

J'annonce par la même occasion que je vais recourir chaque fois que ce sera nécessaire à un Petit Horloger Complice qui réglera, entre crochets et en gras comme dans le tout premier paragraphe et dans ce passage, la mécanique du texte. Il pourra, tel le Compagnon Office d'un logiciel performant, s'insinuer quand il le veut, au détour du texte, pour guider, expliquer, aider à faire le point, permettre d'établir des parallèles et de tracer une perspective...]

Les rapports entre l'écrivain et son amie ? Nul ne pourrait affirmer qu'elle représente pour lui une source d'inspiration. Même si des échanges qu'ils ont eus à force de fréquentations répétées ont pu s'allumer à coup sûr quelques étincelles. À supposer que ce qui déclenche et soutient l'envie d'écrire de Gando ne soit pas la vie tout court, dans son train-train quotidien à travers le monde. Avec les joies et les peines procurées par elle. Mais aussi avec les aventures, les mésaventures, les espérances, les déconvenues, les rencontres, les manquements et les concours de circonstance, surprenants, qui la jalonnent.

À moins qu'intervienne un élément d'une toute autre nature, pas facile à détecter pour la bonne raison qu'on n'y pense guère ! Une atmosphère, un état d'esprit, une présence, une sensation, une senteur, une ambiance sonore, une voix…, dans leur promiscuité des plus innocentes et des moins dérangeantes. Une senteur, une voix ? …

[À propos de cette dernière, n'aurait-on pas constaté, à l'issue d'une expérimentation scientifique récente, qu'une voix de femme, à la différence de celle d'un homme, favorise le développement des tomates ? Alors, une tomate, l'écrivain Gando ou pas une tomate du tout ? La suite de l'histoire le dira. De toute façon, il convient d'annoncer vite sa couleur – celle du récit et pas du fruit –, étant donné que pour jouer à un jeu quelconque, il faut d'abord en connaître les règles.

Et, c'est bien toujours de s'amuser avec toutes les parties prenantes d'une fiction : narrateur, personnages et lecteurs qu'il a envie, Gando, quand il « entre en écriture ». Dans le cas présent, lesdites règles peuvent être dégagées du *pitch* suivant, digne d'un extrait de Quatrième de Couverture. Préférez : « résumé » si, comme moi, vous êtes horrifiés par le premier terme, désespérant, parce qu'il relève plutôt du vocabulaire cinématographique.

« À leur auteur favori, des lecteurs de tous pays, de tous âges, de toutes conditions, des deux sexes, téléphonent, envoient des lettres par la Poste ou par courrier électronique et rédigent même des poèmes... Objectif : lui suggérer un Grand Rendez-vous, un ApérEau-livres *suivi d'un* Pique-Nique littéraire.

Le lieu : Dongora ! Bords de rivière d'une sorte de pays perdu évoqué dans une prose dudit auteur mais un paradis littéraire à gagner en participant à sa construction.

La rencontre permettrait aux uns et aux autres de faire connaissance après lui avoir conseillé, pour certains d'entre eux, des sujets et des styles d'écriture.

Parviendront-ils à le convaincre du bien-fondé de telles retrouvailles ? Réussiront-ils pendant et après, sinon avant, à inspirer quoi que ce soit à l'écrivain ? Et, d'ailleurs, tous lui sont-ils fidèles sans aucune arrière-pensée ?... »]

Il s'appelle Gando, Didi Gandal Gando !

Écrire de façon différente ? Gando y a songé bien sûr sans avoir attendu de pouvoir subodorer qu'il pourrait y être invité par son amie la plus chère. Bonne démonstration s'il en était besoin que la rencontre dite des « grands esprits », inévitable un jour ou l'autre, et la transmission supposée de la pensée entre personnalités empathiques, phénomènes relevant plus souvent de la fantasmagorie, se traduisent parfois de très belle façon dans la réalité. Qui pourrait, en effet, croire que Jessy ne s'est pas épanchée auprès de Gando et que ce dernier n'a pas eu le temps d'en débattre avec elle ? C'est pourtant la stricte vérité.

Car, son projet gardé bien secret, en principe, l'écrivain le renvoyait par commodité à la publication de son dixième livre dans l'attente rassérénée d'avoir ses soixante ans et celle, la décennie suivante, encore plus assagie, de renoncer à écrire davantage soit à l'âge jugé canonique par lui et pour lui de soixante-dix ans !

Mais écrire autrement ? Ne serait-ce pas le faire de manière interactive en provoquant non pas la confusion mais une confrontation entre un auteur, un narrateur et leur personnage principal, différenciés si possible de façon nette et sans équivoque ? Avant de les livrer, les uns et les autres, – oui il s'agit de les *livrer* pieds et poings *re(liés)* ! – à l'ensemble des protagonistes de l'histoire, au gré des péripéties de cette dernière afin de solliciter l'intérêt du plus grand nombre de lecteurs, arbitres suprêmes, n'en déplaise aux « chroniqueurs littéraires ».

Écrire mieux, serait-ce le faire dans une transparence à en devenir translucide soi-même ? Serait-ce le prix à payer pour produire un *best-seller*, terme auquel, d'ailleurs, ne vaudrait-il pas mieux préférer une *meilleure vente* ou une *vente performante* ? Et un livre ne serait-il de qualité que s'il battait des records de vente et/ou obtenait des prix plus ou moins valeureux ?

En d'autres termes, serait-ce encore écrire que de frétiller comme un poisson rouge avec ses reflets flatteurs dans un bocal ? Ou tel un paon faisant la roue en permanence pour racoler autour de lui, fier qu'il est de son ramage et plus encore du plumage autour de son croupion ? Ou à l'instar d'un gecko ou d'une salamandre offrant à la vue générale ce qu'ils possèdent de plus précieux que « la prunelle des yeux » : leurs entrailles et leurs humeurs ? Ou, enfin, à l'image d'un caméléon faisant don de son corps à la branche d'arbre sur laquelle il se déplace ? Ne serait-ce pas, au contraire, faire flamber son manque d'inspiration comme on brûle l'ultime émanation d'un fond de bouteille d'alcool brut, d'eau-de-vie ou de whisky ? Mieux, comme un jongleur crache devant son public ébloui des flammèches impressionnantes mais inoffensives ? Des feux follets ou des feux de paille, en somme !

De véritables foires d'empoigne sont devenus en maints endroits de la planète des pans entiers de cette littérature qui tourne en exclusivité autour du soi-disant écrivain. Écrivant lui-même parfois mais donnant plus souvent l'ordre d'écrire à sa place, ne raconte-t-il pas tout à propos de lui-même, des siens, de leurs relations violentes et incestueuses – au figuré et au propre – sur fond de règlements de comptes, de révélations de lourds secrets : vols, viols, recels, captations de richesses, suicides, homicides, parricides, fratricides ? Tous délits et crimes d'autant plus faciles à ébruiter qu'ils sont prescrits par le temps, très long, perdu à refuser de les re-qualifier comme tels. Ne suffit-il pas d'en faire un jour la déposition écrite sur les conseils de « guérisseurs universels par l'unique travail de la mémoire » pour voir la notoriété publique, doublée d'une consécration commerciale, aussitôt garantie pour le nouveau ou la nouvelle venu(e) en écriture ?

Alors, ils écrivent les uns à la suite des autres toutes « les filles de… » et « tous les fils de… », toutes « les petites-filles de… » et tous les « petits-fils de… », mais aussi leurs frères et sœurs, leurs demi-frères et demi-sœurs, leurs cousins et cousines, leurs neveux et nièces…, après avoir fouillé et farfouillé dans les coins et les recoins des vies obscures de parentèles explosées.

La littérature ? Facile de se rendre compte qu'ils n'en ont cure. Ou plutôt si ! Ils s'en préoccupent quand, entre leurs mains, ce qui est au mieux son banal ersatz leur donne l'impression de soigner des douleurs profondes. Lorsque ledit substitut leur procure le sentiment de réussir à prendre une revanche sur eux-mêmes ou sur les autres. Et s'il propulse enfin, sur l'ensemble des tréteaux médiatiques, leurs profils transis de petits oiseaux blessés, de chiens battus, d'albatros effondrés, de chats mouillés ou d'ours mal léchés, à différentes heures de leurs rudes journées, selon leurs moments erratiques dans l'année et suivant les périodes chaotiques de leur existence.

Les mères et les belles-mères écrivent à leur tour, les beaux-pères de même, par la suite. Ils ne savent pas, eux non plus, demeurer en reste les femmes et les hommes qui, pour avoir occupé des fonctions importantes dans la société, auraient dû s'astreindre à la réserve d'usage. Ils ne se résignent pas davantage à l'abstinence celles et ceux, dans leurs milieux, crédités de longue date d'une intégrité et d'une conduite exemplaires. De plus en plus démangés, eux aussi, par la manie de l'écriture *strip-teaseuse*, ils se laissent aller à gratter du papier ou à caresser du clavier. Et ce ne sont ni les horreurs de leurs confessions publiques, ni les risques de procès pour diffamations et autres atteintes à l'honneur d'autrui, ni parfois les insultes à la mémoire de défunts sur plusieurs points irréprochables qui les en dissuaderaient. Ils sont assurés que plus leurs… livres – c'est-à-dire les produits qui en ont l'aspect et dont ils n'ont eu qu'à commander puis payer l'écriture et l'édition – feront parler d'eux, mieux ils seront vendus !

Dans l'histoire de la littérature, elle n'a pas manqué d'agacer, la tendance au nombrilisme, même si elle a produit aussi, il est vrai, des chefs-d'œuvre constitutifs des légendes et, donc, des patrimoines culturels séculaires pour avoir non pas semblé mais traité en profondeur de l'universelle condition humaine. Nombreux sont les embastillés prestigieux, les maudits célèbres, les naufragés du spleen, les exilés de force et autres voyageurs aux « semelles de vent », sur les chemins des paradis artificiels parfois, mais plus souvent sur ceux de tous les dangers, qui ont illuminé les lettres de tous les pays. Mais, le néo-nombrilisme misérabiliste dominant, exclusif, considéré comme le fleuron de la littérature moderne contemporaine, il n'y a que certains animateurs de radio, connivents, et surtout quelques-uns de ceux de la télévision pour accepter d'en relayer l'envahissante et pourtant résistible promotion !

Après la famille plusieurs fois décomposée et recomposée, de nos jours, c'est enfin le travail renommé « valeur », de manière abusive, étant donné ce qu'il évoque comme situations de souffrance, parfois et de torture, souvent, « du fait de ses gênes » mais aussi et surtout à cause de son exercice immémorial, qui inspire les « écrivains », pas plus ni moins nouveaux que ne l'ont été leurs prédécesseurs. Énormes, en effet, sont les dégâts collatéraux liés à l'emploi, objet de toutes les spéculations par ces temps de galères mondiales. Plus de saison littéraire qui ne célèbre ses chômeurs dans la déchéance, ses travailleurs pauvres, ses esclaves des temps modernes, ses « sans domicile fixe », ses harcelés par des patrons eux-mêmes depuis peu séquestrés par des employés craignant la perte de leur emploi.

Et, dans une parité, même toute relative, la prose soi-disant d'information courante n'oublie pas de révérer ses *born-again* – traduire : nés une seconde fois par l'emploi retrouvé –, ses entrepreneurs talentueux, ses *dandys* du *marketing*, ses *gentlemen* de la publicité, ses beaux *traders* et autres *golden boys*, jeunes flambeurs de milliards. Avec, bien sûr, les amours et les sexualités inhérentes à leurs différentes situations : défuntes ou flamboyantes, savoureuses ou insipides, contraintes ou consenties, plus souvent tournantes que fixes et tragiques que comiques... Très éloigné des fresques célèbres ayant dépeint les drames sociaux jusqu'à provoquer des révolutions, le tout baigne plutôt dans des océans de larmes de bonheur individuel ou de malheur suivant les regains ou les revers épisodiques subis par les uns et par les autres.

Lesdits écrivains, donc, à cause de la crise politique, économique, sociale et... « morale », conjoncturelle, avouent qu'ils ne se seraient guère hasardés, – par personne interposée, s'entend ! – à cajoler la page blanche ou à « se mirer » devant l'écran. S'ils n'avaient pas eux-mêmes perdu l'emploi pour lequel ils n'avaient jamais eu le temps de compter les heures qu'ils lui avaient consacrées. Crimes contre la littérature que sont devenus, par conséquent, les nombreux plans sociaux et autres restructurations ayant débauché autant de travailleurs dévoués que suscité des vocations d'auteurs médiocres !

Sans volonté particulière de hiérarchisation des sujets, la patrie est la dernière valeur-refuge des convertis épisodiques à l'écriture de livres ! Fierté d'être ceci, bonheur d'être cela ! L'appartenance à un terroir, la domiciliation ici ou là, l'assignation à résidence… (d'écriture ?) dans la sphère de sa naissance et autour du rituel de ses pratiques, l'identification à une communauté, le repli sur une croyance, l'adhésion à une secte, la conversion à une religion, la croyance au merveilleux, la fascination pour les forces obscures, l'engouement pour la magie et pour la sorcellerie sont autant d'ingrédients « *Harry* porteurs »…

Serait-ce parce que certains écrivains voudraient entretenir le mythe de l'éternelle jeunesse de leurs lecteurs et le bonheur dans lequel ces derniers avec ostentation vivraient ? Il faudrait l'espérer plutôt qu'une envie de les infantiliser à vie. Car, s'ils n'avaient plus d'âge ou plutôt si tous leurs âges se valaient, les lecteurs se maintiendraient de facto dans une position de lecture fœtale, les livres ouverts aux seules pages féeriques. Avec le refus assumé de passer à la découverte assise voire debout des pages proches ou annonciatrices des réalités plus ou moins dures.

Alors, Gando n'aurait-il à son tour qu'à passer pour un *écrivain-caméléon*, en produisant de la lecture merveilleuse, soporifique, ensorcelante, au goût du lecteur commun ou pour un *auteur-paon*, en paradant et en fanfaronnant ou, enfin, pour un *poète-salamandre* et un *gecko-prosateur* en exhibant ses viscères à la pointe de sa plume ou pour être exact en les pressant du bout de ses doigts de « pianiste » – clavier d'ordinateur oblige ! –, obéissant ainsi aux préconisations de futurs et plus nombreux fidèles lecteurs ? Leur écrire ce qui leur ferait le plus plaisir, autrement dit sans leur laisser un seul secret à deviner sur son intimité ?

Longtemps, il a pensé qu'il devrait au contraire refuser d'obtempérer, Gando. L'inspiration pour un « professionnel » de l'écriture devant pour le moins rester libre, à son avis – une conception partagée, pense-t-il, par tous ceux qui n'écrivent pas faute de pouvoir faire autre chose – et son imaginaire demeurer, de toute évidence, le plus débridé que possible. Et son style ? Ne dit-on pas d'un écrivain qu'il est grand parce qu'il en a un, mieux qu'il est ce style-même, qui ne saurait donc être celui d'un autre ? ...

Ses soixante ans à présent révolus, sa dixième publication en chantier, les deux premiers coups sur les trois, tels ceux qui précèdent le lever de rideau au théâtre sont donnés, par conséquent. Le dernier n'attendant plus, à son tour, qu'une dizaine d'années pour faire entendre son bruit sourd, il y a sans doute lieu de chercher à savoir pourquoi, devenu septuagénaire, il n'aimerait plus continuer d'écrire.

Serait-ce par peur d'avoir changé comme beaucoup de personnes, honorables avant cet âge et devenues exécrables, après ? Au point d'adorer, vieilles, ce qu'elles avaient abhorré, jeunes : la misanthropie face aux plus humbles des mortels et la soumission, sinon la prostitution auprès des puissants. Oui, il raccrochera sans état d'âme comme il n'est pas assuré une seule seconde de ne pas varier, lui non plus, aussi bien dans ses adorations que dans ses détestations.

Non, il n'est pas du tout certain de ne pas succomber, à son tour, au cynisme et à la méchanceté qui siéraient aux bons vieux littérateurs et même aux plus jeunes d'entre eux. Pour peu que ces derniers soient frappés de façon précoce par le syndrome du nom de l'auteur d'un certain *Voyage au bout de...* comment dire : *Voyage au bout* des *Malouines* ? Par chance, les ressortissants de cette région n'ont peut-être pas, au contraire de ceux du Cameroun par exemple, reçu la visite de l'écrivain *globe-trotter* au titre plutôt noctambule et mythifié de façon disproportionnée. Depuis sa défense du régime nazi, un certain Knut Hamsun a inspiré bien moins de complaisance en Norvège de la part de ses compatriotes malgré tout son talent déjà récompensé par un Prix Nobel de Littérature en 1920.

Il s'appelle Gando, Didi Gandal Gando !

De toute façon, quand *Le Deuxième Sexe* totalisera autant sinon plus de lecteurs vrais ou faux que ceux du *Voyage…* ou de *À la recherche du Temps…*, la belle littérature amoureuse mais aussi l'aventureuse, la merveilleuse, la sociale, l'historique, la philosophique, la scientifique… s'écrira à nouveau avec des « lettres d'une très grande noblesse ».

[C'est pompeux ce qu'il vient de dire, il le sait, Gando. Jamais, il ne comprendra, cependant, comment le génie supposé voire avéré d'un écrivain peut excuser sa haine théorisée de certains humains. C'est une énigme. Une très grande énigme pour lui !]

En attendant, il est de jour en jour horrifié de lire, d'entendre et même de voir pérorer, éructer, des écrivains qui ont tant nourri ses idéaux de jeunesse et certains de leurs soi-disant émules !

À les en croire dans leur ensemble, « tous les hommes [ne seraient pas ou plus] l'homme », le dépassement de soi et la fusion de son initiative personnelle dans une action collective à portée universelle seraient des chimères. Utopies seraient l'égalité et la fraternité. Valeur démonétisée, la liberté, à côté de la sécurité. Vieille lune, cet « assistanat horrible » appelé la solidarité devant la charité. Futilité, la connaissance, en vis-à-vis avec la croyance ! Aux oubliettes les écrivains « témoins parmi les hommes », ceux de « l'action, de la camaraderie de combat et de la fraternité de cordée » ! Les fers aux pieds des écrivains philosophes ! Au feu les élucubrations des chantres de l'émancipation des peuples !

On écrit dorénavant parce qu'on est cynique, dans le sens essentiellement péjoratif du terme. On écrit parce qu'on hait tout et déteste tout le monde autour de soi. Pour tout dire, on se déteste, on déteste les siens et on aime bien le faire savoir. Et, c'est parce qu'on est sur tous les plans : politique, philosophique et surtout… « moral », incorrect, que l'on parvient à se faire éditer et vendre avec facilité ! De façon irrémédiable, la littérature n'aurait plus rien à voir, rien à faire avec les bons sentiments. Touiller dans les mauvais pour faire émerger les pires serait, en revanche, sa noble et immuable vocation.

Qu'ils auraient été mieux inspirés d'entrer en retraite à temps, ces EGM – Écrivains Génétiquement Modifiés – qui ont tant fait germer partout et essaimer *l'a-littérature* nouvelle ! Au lieu de continuer à écrire avec cette encre même « sympathique » voire « magique » mais révélatrice, au moindre maniement des pages de leurs derniers livres, de leur vacuité faite de reniements et renoncements aux yeux des lecteurs les plus distraits ! Dommage que leur sens de la contreprescription ne prive leur plume d'encre tout court, ne la mette à la diète, ne pratique en quelque sorte son euthanasie salutaire avant qu'elle ne prenne le parti des thuriféraires du pouvoir mondial ambiant, décomplexé vis-à-vis de la pudeur, de la décence, de l'argent, de l'amour, désireux qu'ils prétendent être de voir pourfendre les tabous inhibiteurs et les prises de position « idéologiquement correctes » !

La grande hantise de Gando, en somme, c'est de devenir comme eux un penseur biodégradable, un de plus, un de trop, aux humeurs solubles dans l'opinion dominante, dominatrice et castratrice ! Castratrice, passe encore mais à ce point opératrice de lobotomie sur tout le monde ? Quelle catastrophe !

Il a été, cependant, quelque peu rassuré par les propos touchants de fidélité à des convictions de jeunesse malgré des moments de dérive et par les fines analyses sur la question israélo-palestinienne, par exemple, d'un certain octogénaire. Écrivain à ses heures, directeur en continu et jusqu'à une date récente d'un hebdomadaire progressiste français, il est surtout un grand admirateur de l'auteur de *L'étranger*, entre autres chefs-d'œuvre. Encore que pour un prétendant grand connaisseur de la pensée de Senghor, il semble ne pas s'être familiarisé avec celle de Césaire qui lui est pourtant jumelle d'une certaine manière. Pas étonnant donc qu'il ne se soit pas très bien imprégné de l'âme africaine qui est certainement tout sauf ce qu'en ont fait à Dakar – et qu'il a avalisé – des tâcherons de la plume élyséenne.

Mais, – et ce qui suit pourrait expliquer ce qui précède – le pauvre patron de presse n'a-t-il pas déjà dû concéder, à ce point contrit, chagriné, meurtri par le concert des pleureuses, avoir commis « une erreur, une faute » ? Et pourquoi, donc ? Parce que le site Internet du périodique de son groupe a publié – suprême « infamie » – ce SMS on ne peut plus régalien : « *Si tu reviens, j'annule tout* ! »

Petite foutaise et grande hypocrisie, en vérité, de s'offusquer que l'on ait pu, à force, avoir envie de savoir et de rendre publique la destination des mots qu'un certain locataire en 2007 du Palais politique le plus prestigieux de France ne peut refréner d'envoyer dans n'importe quelle position. À voir l'Excellence en question, dans les premiers temps de son investiture, réjouie de manipuler de façon si frénétique sous la table mais encore sur ses genoux ou contre sa poitrine un téléphone portable, curieux objet d'un plaisir solitaire, immense en apparence. Comme si elle était à chaque instant frappée, « Sa Majesté », par un prurit voire un priapisme commu*nication*nel au cours des cérémonies les plus solennelles et en compagnie des personnalités les plus honorables ! ...

Il s'appelle Gando, Didi Gandal Gando !

Rassurant par ailleurs d'entendre et de lire un autre octogénaire, l'auteur de *La modification*, pour ne pas le nommer ni rappeler sa place dans le Nouveau Roman des années soixante-dix. La primauté qu'il accorde à la poésie parmi tous les genres littéraires est réconfortante. Et sa stupéfaction, dans une certaine mesure, devant la médiocrité de beaucoup d'autres discours, aussi bien les plus politiques que ceux de la banale vie courante, vient à point nommé. Car bien perspicace serait l'observateur des littératures qui prédirait que les nouvelles formes d'écriture devant lesquelles les exégètes assoupis tomberaient bientôt en pâmoison ne seraient pas, dans un avenir proche, celles véhiculées par les nouvelles technologies : les SMS, en l'occurrence !

Merveilleux aussi qu'un nonagénaire, quatre-vingt quinze ans pour être précis, ait été primé, courant 2008, par le Jury d'un Prix littéraire – sérieux, est-on en droit de penser – prestigieux, en tout cas, parce qu'il est celui des auditeurs d'une radio publique française influente et qu'il est constitué de douze lectrices et d'autant de lecteurs choisis tous les ans parmi une multitude de candidatures spontanées mais très bien motivées.

– Restez des lecteurs, chers amis ! Pour chaque livre, il y a un lecteur. Un livre ouvre des portes, il ne les referme

39

pas. Ne tenez compte d'aucune autre considération, conseillait avant les débats son président pouvant se réclamer à la fois de l'Argentine, du Canada et de la France : un grand auteur, célèbre pour les livres qu'il a écrits lui-même et pour son immense bibliothèque recelant les échantillons des trésors de la littérature mondiale.

Les raisons du choix du livre de l'écrivain le plus vieux à côté de neuf autres d'une très grande valeur, écrits par des jeunes, le président lui-même les a révélées. Il a avoué par la même occasion avoir usé de sa voix prépondérante sur celle des autres membres du jury pour départager les deux derniers en lice après cinq heures de délibération :

– C'est un roman compassionnel, humain ! Une gageure par les temps qui courent. Ce n'est pas de la fausse littérature, celle qui nous a habitués à la facilité. Il nous fait opérer le retour à l'archaïque, à l'Antiquité, à la Grèce… Il est de ces lectures qui éprouvent et qui ne cesseront pas de nous parler. C'est un roman d'éternité, un livre sans âge…

Âge pour âge, celui « du capitaine », en la circonstance, n'aurait compté pour rien, pouvait-on en conclure.

Combien elles feraient du bien à la littérature, ces notes de lecture de jurés, accompagnées des avis de leurs présidents, si elles étaient publiées de façon régulière dans des journaux !

Réjouissant enfin qu'une des toutes premières écrivaines féministes, octogénaire fringante elle aussi et circulant à vélo dans cette capitale du luxe où l'automobile demeure encore reine, n'ait pas renié son combat pour l'égalité des sexes mais au contraire en ait entamé un tout nouveau, pas des plus faciles à gagner. Ne serait-ce qu'à cause de la formulation de son objet : *le choix de mourir dans la dignité*. Mais, on lui donne volontiers acte qu'il s'agit plus d'abrègement de souffrances inutiles et de refus de l'acharnement thérapeutique que d'encouragement et d'aide au suicide.

À la lumière de ce qui précède pour ne pas dire à l'ombre portée des quelques octogénaires et nonagénaires résistants et triomphants, Gando, septuagénaire dans dix ans, pourrait-il ne pas tenir la promesse de ne plus écrire ? Difficile d'imaginer une telle éventualité ! En tout cas, tant qu'il demeurera apte à constater que pour une poignée d'auteurs ayant bien vieilli, – de penseurs, en principe ; d'intellectuels ? C'est une autre histoire ! –, de nombreux autres finissent par « tremper leur plume » et après, leur langue, dans un fiel épargnant les seuls puissants parmi leurs contemporains.

Beaucoup d'entre les auteurs en vue n'ont-ils pas laissé peu à peu s'aplatir leur bout de « cerveau disponible » telle une pâte molle, une crêpe, une omelette, une tarte, une pizza, accommodée avec les ingrédients les plus douteux : traces d'ADN et autres fichiers portant indûment des prénoms de femmes rivalisant avec ceux des cyclones les plus dévastateurs ? Pour, soi-disant, aider à dépister dans l'œuf, chez tous les « humanoïdes » et leurs « associés », la susceptibilité de devenir des délinquants voire de commettre des crimes ou des actes terroristes. Quand ce n'est pas pour dénombrer et tenter de fixer à l'écart, de façon définitive, les trop remuants et encombrants Gens du Voyage.

Des citoyens vigilants s'émeuvent-ils du flicage numérique d'un pays comme celui des Droits de l'Homme ? Il se trouve des « plumes » et des voix de son intelligentsia pour expliquer aux nombreux incultes, preuves historiques à l'appui, que le pouvoir a toujours pris des dispositions pour surveiller ses administrés et qu'il n'y a là rien que de tout à fait normal. Un certain président dit de gauche n'a-t-il pas opté, lui, pour des écoutes téléphoniques ? Quel mal y a-t-il à ce qu'un président d'une droite – décomplexée, qui plus est –, ancien ministre de l'Intérieur, puisse recourir à son tour aux techniques les plus en pointe, celles de son époque, pour tout savoir sur ses concitoyens ? S'élève-t-on contre l'esclavage moderne ? L'esclavage, il remonte à l'Antiquité ! Trouve-t-on encore infernales les cadences de travail dans les usines ? Les galères ont bel et bien existé dans le passé ! Scandaleuses sont les conditions dans les prisons ? A-t-on oublié les bagnes du siècle d'avant le siècle dernier ? L'argumentaire est pour le moins en trompe-l'œil. Et quelle bassesse de vue et petitesse d'esprit que de vouloir coûte que coûte justifier l'injustifiable par son seul ancrage dans l'histoire de l'Humanité !

Les grands créateurs d'œuvres d'art qui, semble-t-il, garderaient intacte toute leur vie la puissance de leur cerveau et, entière, leur inspiration auraient-ils, dans leur ensemble, déjà trouvé des places au Panthéon pour ne plus être capables d'indignation face au monde effrayant qui, petit à petit, se met en place ? N'en survivrait-il plus aucun qui refuse de s'écraser afin de ne pas ressembler à ses nombreux pairs, devenus de véritables peintures rupestres ?

Un grand peintre pourtant, comme de juste, ne se serait pas privé, lui, d'avoir cet échange si révélateur de la pugnacité et du refus d'abdiquer des gens de sa trempe face à des officiers d'une certaine armée au plus fort de l'Occupation pendant la Deuxième Guerre Mondiale :

— C'est vous l'auteur du beau tableau sur la débâcle espagnole ?
— Non, c'est vous, plutôt, ses auteurs !

La revoir, son œuvre, avant la date butoir fixée par lui, Gando y est résolu. Ne serait-ce que pour lui « refaire la toiture », sans trop s'attaquer – et même plutôt en évitant de toucher – à « sa charpente et à ses murs » comme on sait ménager, en ce Haut-Pays Bernolais, les magnifiques pierres dorées des constructions anciennes. Car, il ne s'agirait en aucun cas de la raturer pour autant, son œuvre, ni encore moins de la gommer.

Seuls les imbéciles ne changent pas d'avis, dit-on. Combien à ce propos et même si cela peut sembler paradoxal, peut-être, il aimerait, lui, en demeurer un ! Un imbécile authentique, très heureux de n'avoir pas revu à la baisse son mépris du cynisme, de l'arrogance et de la vulgarité des arrivistes en forte recrudescence.

La métaphore de la rénovation de la toiture de son œuvre ? Il l'a trouvée en observant en pleine activité des ouvriers polonais en ce riche village viticole dans le Sud-Est de l'Europe de l'Ouest où il s'est réfugié, lui qui vient d'*un pays où il fait* plus souvent *beau*, au sud du Sud de l'Europe. En région bernolaise, il vivait heureux. Jusqu'à ce qu'il lui ait été signifié, il y a sept mois, par les services d'un certain ministère récent de l'Identité Nationale et du Contrôle des Migrants, que n'ayant pas acquis la nationalité de son pays de résidence, depuis trente ans de séjour continuel, pour n'avoir pas une seule fois éprouvé la nécessité de la demander, il n'a plus vocation à rester dans le pays. Plutôt celle d'en être éloigné de toute urgence. La raison invoquée ? *Numerus clausus* atteint !

Que fallait-il comprendre ? Simple comme le bonjour : il y a désormais assez pour ne pas dire trop d'écrivains, de penseurs et de poètes comme lui dans l'ensemble du pays. Pas question, donc, de le laisser s'installer plus longtemps, lui en particulier, au risque de rompre l'équilibre socio-économique et culturel des territoires. Seul un statut professionnel de menuisier, plombier, bûcheron, paysagiste ou maraîcher, à la rigueur, aurait pu, – et encore ! – plaider pour son maintien.

– Vous avez bien dit qu'avec le statut de travailleur manuel, j'aurais eu la possibilité de rester installé comme je le suis si bien dans… notre pays ? Alors, vous accepterez sans doute que je me constitue ci-devant vous éboueur de mon état et vous promette de trouver illico un contrat ! avait-il défié le fonctionnaire le plus zélé du ministère.

— Maintenant que je connais votre profession, vous ne pensez pas tout de même que je vais vous confectionner des faux papiers. Ne trouvez-vous pas que nous avons déjà beaucoup à faire avec tous les « Sans-papiers » pour nous créer de nouveaux indésirables « Avec-des-Faux-Papiers » ? Vous auriez été déclaré travailleur manuel, il y a trente ans, vous auriez été maintenu sans problème dans les quotas de l'année en cours sachant que l'an prochain les profils pourraient changer du tout au tout. Peut-être aurons-nous plutôt besoin d'infirmières et d'aides-soignants avec le grand vieillissement de la population de souche ! …

Seule une Pétition de confrères, bien mobilisés par Jessy, lui a procuré le sursis précieux à ne surtout pas oublier de faire renouveler tous les deux ans. Autrement, il n'aurait pas échappé aux contrôles génétiques, recours en grâce qui lui aurait peut-être permis d'établir si tel tirailleur enterré en 1918 dans un tata de sa région d'installation était son arrière-grand-père comme il l'a laissé entendre au cours d'un interrogatoire administratif serré. Ainsi, seulement, aurait-il été intégré dans les quotas de travailleurs non-Européens admis à demeurer en cette vieille terre d'immigration qui rêverait d'en finir avec cette tradition obsolète, à en croire ses nouveaux jeunes dirigeants.

Sur les conditions modifiées de son séjour, il préfère d'ailleurs ne pas ressasser. Demeurant toujours trop fraîches, elles continuent d'être si douloureuses ! Voir sa résidence, de facto, remise en cause du seul fait du changement du pouvoir politique, jamais il n'a imaginé une telle situation pouvoir se produire. Il ne s'estime pas moins encore heureux et même privilégié de pouvoir bénéficier, lui, d'une dérogation grâce à la vigilance et à l'efficacité de sa corporation. Comme il n'ignore rien des charters entiers ayant exfiltré du territoire prospère des milliers d'hommes, de femmes et d'enfants, tous supposés, immigrés de la misère, pour avoir débarqué du reste du monde peu importe depuis quelle date.

Tenant à revoir ce qui, à peine, commence à devenir son œuvre, il s'est souvent détourné de son écran d'ordinateur plusieurs fois pendant une quinzaine de jours. Pour admirer l'art avec lequel les ouvriers refont en la modernisant le corps de ferme à proximité de sa « demeure bernolaise ». La dépose des vieilles tuiles : ils savent les ôter, une à une, avec délicatesse pour ménager les chevrons avant de les lancer avec vigueur, par après, dans leur mousse séculaire au fond du container béant au pied de la maison. Les nids d'oiseaux, de guêpes et d'abeilles : ils les mettent de côté pendant le laps de temps, très court, où vibre leur fibre écologique protectrice, puis les envoient s'écraser entre et contre les encombrants destinés à la déchetterie communale. La fixation des chéneaux et des tuyaux de descente des eaux pluviales. Le déroulement des isolants en laine de verre pour réduire les déperditions de chaleur et qui, pendant les travaux, protégeront par leur face imperméable l'intérieur de la maison des intempéries : vent, pluie, neige. La garniture des voliges, supports confortables pour les tuiles neuves. La repose plus rapide de ces dernières autour des fenêtres de toit et des capteurs solaires ! Et la toiture, ainsi remise à neuf, a vite contracté un nouveau bail, de cent ans encore, sans doute. Du grand art !

Depuis cette période, les muses de Gando ne se seraient-elles pas incarnées, par hasard, dans des ouvriers polonais ? Oui, sans doute ! Dans une certaine mesure, au moins. Car, ils ont eu cet appréciable don de le faire penser qu'il était urgent pour lui aussi de « pratiquer des ouvertures » dans son travail. Comme ils y ont procédé, eux, dans le vieux toit, les murs borgnes de la façade principale de la masure pour lui embellir la couverture en la rendant en même temps plus chaude et plus confortable à l'intérieur.

Il s'y verrait bien, lui, dans la maison reconstruite, installé avec sa famille, après avoir réaménagé son coin pour écrire : un bureau pour l'ordinateur et une immense bibliothèque comme celle de ce président de jury de prix littéraire radiophonique. N'y seraient d'ailleurs pas exposés ses propres livres, rangés dans des tiroirs, pour garder entière son admiration pour les nombreux écrivains dont il a plus souvent acheté les livres qu'ils ne lui ont été offerts par eux ou par leur éditeur, commun pour certaines de ses publications.

Les livres de ses confrères et non leurs bouquins – appellation horrible même si, d'origine hollandaise sur le plan étymologique, elle désacralise le livre de façon salutaire ! – couvriraient, de haut en bas, les trois murs du salon-salle à manger. Ils n'épargneraient que la baie vitrée donnant sur un liquidambar aux feuilles automnales rappelant, excepté leur taille plus petite et leur dentelure, celles des vignes vierges bernolaises ou des érables canadiens. Il pourrait être beau, encadré qu'il serait par deux prunus dont la splendeur au printemps serait, à l'arrière-plan du jardin, suppléée par celle de la haie de piracantas aux baies ardentes jaunes et rouges tout l'été.

En véritables et très puissants inspirateurs se sont transformés pour lui ces Polonais puisque, de manière régulière, Gando s'est bien laissé aller pendant des moments, fort agréables, à rêver d'habiter une maison nouvelle, la sienne réaménagée dans son jardin, alors qu'il est préoccupé, en principe, par la seule amélioration de son écriture.

Que faire, alors, pour opérer la métamorphose de son œuvre ? Écrire brut, informe, d'un tenant, sans alinéas ni majuscules, sans paragraphes ni chapitres pour que les lecteurs puissent apprendre à écrire en le lisant et éprouver avec lui le calvaire supposé de l'exercice ? Organiser son texte en quarante-huit chapitres chrono, réduits aussi longs soient-ils en une seule phrase chacun et dynamiter ainsi toute soumission aux procédés classiques de présentation d'un texte ? Il serait alors l'auteur d'un livre original de quarante-huit phrases. Toutes interrogatives ou affirmatives ? Négatives ou interro-négatives ? Il verrait. De sorte à ne plus procéder comme Aimé Césaire ou Léopold Senghor, comme Saint John Perse ou Victor Hugo, comme Jean-Paul Sartre ou Albert Camus, comme Daniel Pennac ou Jean-Marie Gustave Le Clézio. À lecteurs nouveaux, écrits nouveaux, n'est-ce pas ?

Par ailleurs, ne lui faudrait-il pas tabler sur cinq cent à huit cents pages peut-être et – pourquoi pas ? – grimper à mille en fin de compte. Sans user d'adverbes ni d'adjectifs. En s'abstenant de ponctuer. En bannissant des voyelles données ou des consonnes. En refusant de recourir aux noms et aux pronoms pour évoquer ses personnages. En occultant les verbes, leurs infinitifs, leurs participes passés et/ou présents. En recourant plus souvent qu'il n'en avait

Il s'appelle Gando, Didi Gandal Gando !

eu l'habitude à maints africanismes, à moult parlers jeunes, aux délicieux franglais ou anglo-français ou à l'*afrikanto*, improbable langue de l'unité africaine intégrant en les synthétisant créole, pidgin, swahili, lingala, peul, ouolof, mandingue, arabe…

Il pourrait accorder un soin particulier à ses titres. *Boumcuisse* ou *Boumtripes*, par exemple ou quelque chose qui y ressemble. *Kiffe les meufs !* ou *Particules secondaires*, *Souvenirs d'un Agouti*, *Le Roman de l'Hyène*… Ou encore *Malveillants*. Des titres qui feraient les belles carrières faciles à imaginer. Un intitulé autour d'une *Île* ? Un de ses *alter ego* a déjà titré avec l'*Archipel* entier, *mutant* par-dessus le marché. Il ne faudrait tout de même pas trop pousser non plus. Avec les *possibilité*s ou impossibilités de caps, de presqu'îles, d'*îles* et de péninsules mieux vaudrait que Gando, quant à lui, n'en ait plus rien à faire ! Alors, *Prout-prout régale* ou *Nique la vie à donf !* N'est-ce pas *jeun's* et tendance de tels *treutis* ? Enfin, pourquoi pas : *Dictionnaire amoureux du Taro* (le tubercule tropical et pas le jeu de cartes qui ne s'écrit pas pareil), *Voyage autour de mon aïeul*, *Survivre avec les moutons* ou *Ressusciter avec les boucs*, *La foire aux Fans*, *Froggy bag*, *Amis privés*, *Confessions d'un athée*, *Anti-manuel de prose*, *Zones sèches*, *Mon cœur a quitté mon corps*, *J'aurais voulu être un Noir*, *Quarante-huit heures dans la peau d'un Patron* ou *les Galères* *d'un assujetti aux Stock-options*, *Du Parachute doré au Bureau de Rétention* (ou *le Spleen d'un Capitaine d'industrie*), *Regagner la Planète*, *Un cadeau*, *D'autres morts que la mienne*, *Mon livre lu aux Nuls*, *Je ne suis pas venu, je n'ai pas vu, j'y crois toujours...* et, tout simplement, *La littérature expliquée à l'éditeur par l'auteur et son fils* ?

L'on n'écrirait toute sa vie qu'un seul livre, à ce qu'il semblerait. Et, d'ailleurs, les auteurs n'écriraient-ils pas, tous, le même livre ? Tout l'art de l'écrivain ne consisterait qu'à savoir user de figures de style pour ne pas le faire trop sentir... Gando pourrait choisir, alors, de changer l'angle de ses écrits. Quitte à payer de sa personne et à devenir provocateur par ses thèmes. Pourquoi ne pas recourir, pendant qu'il y est, aux méthodes triomphant à la télé et sur le Net ? En s'arrangeant toujours à se retrouver au centre des histoires pouvant provoquer des *buzz*, disons à l'ancienne, celles susceptibles de défrayer la chronique et en langage français actuel de susciter le tapage médiatique. Pour pouvoir les raconter à partir de la meilleure place et, en définitive, n'écrire sur des sujets qu'après avoir expérimenté leur impact dans la rue, dans la vie. Le roman ne serait plus qu'un jeu de dominos. L'auteur, le narrateur ou le personnage principal qui pourrait bien être le seul et même personnage serait la pièce dont le plus petit mouvement à l'instar du fameux battement d'ailes du papillon enclencherait, déclencherait le nœud et le déroulement de l'action en vue de son dénouement qui pourrait d'ailleurs ne pas en être un du tout.

Opter enfin pour l'écriture à quatre mains, – comme si deux, tout compte fait, ne suffisaient pas – avec le concours d'un confrère qui le ferait de la main gauche quand lui-même s'y attellerait avec la droite ou inversement. Admirable serait la prouesse et pour imprimer une touche jubilatoire supplémentaire à l'exercice, l'un pourrait taquiner le clavier d'ordinateur avec l'auriculaire gauche et l'autre avec l'index droit. L'important n'étant plus à la longue de savoir sur quoi et avec quel talent on écrit mais comment, avec quoi et qui.

Commencer par soigner le style des premières pages comme toujours. Il n'en faudrait pas plus de dix pour ferrer beaucoup d'entre les éditeurs et pouvoir ainsi jouir du luxe d'en préférer un. Resterait à truffer – avec finesse, tout de même – les neuf-cent quatre-vingt-dix autres d'emprunts, de pastiches, de jeux de piste littéraires, de vraies fausses révélations *borderline* s'agissant du goût et des mœurs. Ce qui veut dire en français moyen : à la limite de la morale commune. En pillant ou en puisant, au choix, dans le patrimoine littéraire universel.

Sans aucun doute, « la critique » ne tarirait pas d'éloges sur le phénomène vite baptisé un OLNI, objet littéraire non identifié, qui inaugurerait une voie nouvelle ! Une de ces interminables voies nouvelles senties tous les ans aux mêmes périodes. Et, bluffés, seraient encore une fois les lecteurs moyens, plus nombreux à régler leurs goûts aux livres qu'ils auraient... ENTENDUS À LA RADIO et/ou VUS À LA TÉLÉ.

Vaste serait l'entreprise d'écrivain/ouvrier « polonais » à laquelle Gando pourrait n'avoir sûrement pas trop des dix ans qu'il estime lui rester à écrire/reconstruire pour la faire aboutir ! D'ailleurs, le temps ainsi imparti par simple défi personnel serait-il seulement suffisant ?

Moi, c'est moi ! Qui, donc, seraient-ils, eux ?

Qui suis-je moi-même qui vous raconte ici l'histoire d'un homme, celle de ses turpitudes d'écrivain et de ses relations particulières avec une femme qui n'est – qui ne serait, pour rester prudent – ni sa muse, ni son épouse ni son amante mais son amie ? Ne devrais-je pas, à mon tour, faire mon *coming out* ? Je préfère dire : me dénoncer, rendre publique ma déposition, sortir du placard.

Rassurez-vous ! Je ne révélerai que le strict nécessaire. Juste pour faire un petit peu de lumière sur mes relations avec Gando mon auteur favori, moi aussi, vous l'aurez compris et avec certains de ceux qui gravitent autour de lui. Compte tenu de sa profession de foi dont je partage non pas la déontologie, incongrue en littérature, mais toute l'esthétique et même l'éthique.

– J'ai dit : éthique ?
– Oui, éthique !
– Et le terme donne des boutons à un écrivaillon quelconque ?
– Qu'il se soigne !

Car elle est d'essence « *éthiquable* », la littérature. C'est son pendant esthétique qui le veut et qui ne signifie surtout pas l'éloge à tout crin du bien, du beau et du bon goût mais une grande élégance à parler même de ce qui pourrait paraître mal ou laid. Plus que ne pourrait l'être le moindre commerce et le capitalisme petit ou grand. Ce dernier enfin démasqué et confondu par son immense capacité de tout détruire à son stade suprême, l'ultra-libéralisme, on se demande bien qui ou quoi saurait le « moraliser » un jour.

De Gando, j'avoue tout de suite ne pas être, ni de près ni de loin, le père d'un seul des écrits antérieurs. Pas plus, comme on l'a vu, que Jessy n'en est la mère. Ni lui, ni elle, ni moi n'aurions imaginé la situation acceptable. Je ne suis pas partie prenante non plus dans l'œuvre présente dont il a envisagé l'accouchement en direct puisqu'elle va être la première parmi ses dernières publications. Celle qui va précéder le compte à rebours conduisant à leur arrêt définitif. Je le dis autrement : je ne suis pas son nègre.

Moi, c'est moi ! Qui donc seraient-ils, eux ?

— J'ai dit le mot nègre ?
— Laissez-moi donc, toutes affaires cessantes, vous parler du fameux vocable !

Pas de celui utilisé dans l'entendement des pères de la négritude, concept honorable qui « n'est ni une tour ni une cathédrale », tel que l'assure le doyen des deux. Mais du terme consacré pour désigner l'écrivain travaillant pour un autre et que je me refuse à utiliser dans ce sens. Pire : du mot connoté ! Il demeure vexatoire et douloureux, même quand il est utilisé dans une acception retournée de façon à le rendre positif. Mais, alors, quand il renvoie aux pires fantasmes, amalgames et stigmatisations, il est… criminel. Cela au point que moi qui suis prompt en général à exprimer ma compassion pour tous ceux qui perdent des êtres chers. Terriblement chagriné que je suis, d'habitude, à chaque perte de jeune ou moins jeune comédien, de créateur et même de patriarche, s'ils sont un tantinet humanistes et non outrageusement cyniques. J'avoue n'avoir ressenti ni peine, ni soulagement, ni rien éprouvé pour ses proches à la disparition du boute-en-train ayant proféré l'horreur que *la bite des Nègres [était] la cause de la surmortalité* de leurs enfants. N'aurait-il pas dit, par hasard, ou pensé génocide ? Comme si les machettes rwandaises n'avaient pas donné les preuves de leur plus grande efficacité ! Exprimer à cet auteur, de son vivant, le plus petit mépris aurait été pour moi lui faire trop d'honneur !

En tout état de cause, nègre n'est enthousiasmant, honorifique, élogieux, que quand il reste synonyme de la lutte pour l'amélioration du sort de ces membres opprimés de l'humanité. Et, seulement, dans la bouche et sous la plume des chantres de la Négritude. Inepte et infamant, il l'est toujours dans toute autre bouche, sous toute autre plume et dans tout autre usage, même et en particulier quand il permet de parler des « petites mains » en écriture.

Songer alors qu'au cours d'une émission de télévision française *C'est dans le vent* ou un titre qui y ressemble, autour des années 2000, un des nombreux consultants attitrés en géostratégie a osé employer l'imagerie du *combat de nègres dans un tunnel* pour évoquer la complexité ou plus exactement la nébulosité d'une situation ! …

– J'irai à Dongora juste pour signifier ma détestation de l'usage du nègre dans l'édition et dans l'expression populaire.

Mais qui suis-je donc ? Je ne vous l'ai toujours pas dit. Alors, je reprends ma petite présentation. Mon pseudonyme est *Lecok* : les initiales de mes deux prénoms et de mon nom de famille précédées de l'article plutôt défini et choisi pour cela comme particule. C'est ma signature active et très réactive d'Internaute. Sur le Net, je lui assigne des missions précises. Entre autres, celle de rabattre par milliers des lecteurs pour les livres de… Gando dont j'essaie de révéler la richesse des contenus au gré de l'actualité. Je supplée ainsi les critiques ne se bousculant jamais pour les lire et donc pas du tout pour en rendre compte.

Léopold Sédar Senghor, Aimé Césaire, pour rester dans la stricte sphère littéraire, décèdent-ils ? J'apprends aux Internautes, extraits de pages à l'appui, qu'ils pourraient trouver chez Gando, à vrai dire chez l'auteur dont il n'est que l'avatar, des hommages de leur vivant à ces valeureuses personnalités pour échapper aux oraisons funèbres contraintes.

Découvre-t-on en décembre 2008 l'escroquerie financière monumentale d'un certain Bernard Madoff à Wall Street ? Je fais apparaître qu'il pourrait être une simple réincarnation de Sadjua Guellal, un personnage d'un des romans de Gando paru en 1992 ! De l'occasion, je profite pour brocarder ceux qui ont osé dire qu'ils agissent, eux, et n'écrivent pas. Et je démontre que la littérature est non seulement dans l'action mais dans l'actualité qu'elle sait plus souvent anticiper qu'accompagner.

À Dongora, coulera à nouveau la rivière

Lit-on dans le Cahier Livres du *Monde* du 6 février 2009 :

« *Le Mexique sera le dernier invité d'honneur au Salon du Livre de Paris du 13 au 19 mars. Lancée en 1989 avec l'Allemagne, cette pratique va s'arrêter. En 2010, pour la trentième édition, le Syndicat National de l'Édition a décidé de mettre à l'honneur les auteurs.* » ?

Je ne résiste pas à l'envie de faire remarquer qu'on pourrait avoir déjà pris connaissance en 2006 de cet extrait d'un des essais du « clone » de Gando :

« *Je suis furieux (...) qu'on réduise à ce point le champ de la littérature et qu'on la focalise sur certains pays, sur certains thèmes, à l'exclusion de tous les autres, même de façon temporaire. Pourquoi la rentrée serait-elle allemande, latino-américaine, anglaise ou américaine, telles années ?... Enfantine, voyageuse (...), d'autres années ? Tempétueuse, diluvienne, sectaire, catastrophiste voire apocalyptique, telles autres années encore ? Sexuelle (...),* sanguinoviolente, *telles autres années enfin ? Pourquoi ne virerait-elle pas tout simplement* bactérioterroriste *et* talibane *(...) pour coller à la réalité ?*

Sans doute, la littérature peut-elle se nourrir des turbulences du temps mais, alors, c'est à temps complet !

Les salons les plus prestigieux, même ceux qui, d'une façon générale, investissent beaucoup dans la promotion de la littérature et du livre ne devraient en aucun cas commander à [l'actualité] de ceux qui écrivent... »

Désolé ai-je été, par conséquent, de me rendre compte que pour avoir été composé, je le rappelle, avec les initiales de mon nom et de mes deux prénoms, mon patronyme de surfeur n'en a pas moins un homonyme parisien, très jeune, par bonheur. La situation n'est pas pour me déplaire, la différence étant grande entre nos centres d'intérêt et nulle, en conséquence, la confusion probable entre nos contributions.

Au fait, est-ce qu'il n'aurait pas pu choisir lui, *Lecocq*, *Lecoq*, *Lecoc* ou *Lacoque*, à son âge ? … Il m'aurait pris – enfin à l'alphabet plus qu'à moi –, le *c* ou carrément le *q* en me laissant le *k* ! N'aurait-il pas été d'une subversion plus inventive ou, à tout le moins, d'une drôlerie plus grande que la mienne ?

À l'usage, je me suis d'ailleurs aperçu que des homonymes de ce pseudo, comme on dit sur la Toile, il en existe, tout compte fait, des dizaines d'autres dont celui d'un Major d'Aviation belge. Saisis et répertoriés comme tels dans les banques de données gloutonnes du Moteur de Recherche Dominant, ils constituent, de prime abord, autant d'occurrences pouvant être compromettantes pour moi à cause des apparentements susceptibles d'être imaginés. Pour me distinguer, je devrais peut-être procéder tel que me le suggère un ami écrivain signant, lui, ses livres d'une fusion de la première syllabe de son patronyme avec celle de son prénom. Étant un adhérent comme moi à une association d'amis des livres et de la lecture, ne m'a-t-il pas demandé ?

— Et si tu ajoutais Ain, le nom de ton département, à Lecok ?
— Chouette ! Ainsi obtiendrais-je Lecokain, me suis-je enthousiasmé aussitôt. Et, bien sûr, si je me découvrais un jour le moindre homonyme nouveau, je pourrais toujours me rebaptiser Lecoca. Non, en aucun cas Lecoca mais au choix : Lecoket, Lecoko, Lecoku, Lecoktel, Lecokart, Lecokardier, Lecokauvin…

Il est quand même amusant de réaliser qu'à mon âge, je goûte encore au plaisir du pseudo alors que j'ai toujours eu une aversion pour la manie plus coutumière des simples surnoms. Au collège, au lycée voire à l'université en ce qui concerne les amateurs les plus tardifs, quand la plupart des copains, pour frimer, trouvaient beaucoup de distinction à se faire appeler Amarildo, Bébel, Cochrane, Elvis, James,

Marlon, Pelé, Valentino, Vince, Ringo, Tino, Samy, j'estimais, moi, plus judicieux d'écrire mon nom à l'envers ne voulant pour rien au monde le troquer contre celui de la vedette du cinéma, du sport ou de la musique la plus prestigieuse.

Constatant d'ailleurs que mon vrai nom et mes deux prénoms sont, eux aussi, courants sur le Net, je pourrais bien adopter dans le cadre du texte-ci la pratique de l'inversion de leurs lettres, après m'être délesté du prénom à connotation religieuse. Enfin, de celui des deux qui l'est le plus !

Entrant de manière tout à fait officielle dans la composition de mon double prénom, Sékou Oumar, comme s'appelait mon grand-père maternel, il n'a pas été intégré juste par paresse de l'agent ou par manque de place, peut-être à cause des deux, sur le formulaire original de ma fiche d'état civil du temps des colonies. C'est en entamant mes études supérieures que j'ai préféré Cheick à Sékou pour ne pas devoir répondre à l'appel du même prénom qu'un certain tyran guinéen à la réputation sanguinaire. Sans préjuger une seule seconde qu'à l'écrire avec un S et un H au début ou avec un K et un H à la fin, SHEIK donc ou CHEIKH, l'un autant que l'autre pouvaient me faire passer pour le chef barbare d'un de ces bleds islamistes autorisant entre autres abominations le mariage des fillettes à douze, neuf, voire à huit ans !

[Est-ce qu'un de ses livres, à ce propos, n'a pas subi une agression… verbale sur un présentoir, la semaine qui a suivi l'écriture de ce qui précède, alors qu'il participait pour la cinquième année consécutive à ce beau et si convivial Salon de l'Artisanat du Haut Pays Bernolais ?

– C'est quoi, ce Cheick Oumar Ben Laden et qu'est-ce qu'il fout ici ?
– Qu'est-ce que vous dites ? Hé, attendez ! Venez donc voir ! a-t-il pesté en moulinant des bras pour ne brasser que de l'air.

L'écrivain n'a pas pu agripper le quidam par-dessus les étals de livres avant que ce dernier ne fonde dans les travées du Salon, immense et bien bondé. Il aurait rattrapé l'énergumène qui semblait avoir pu lire en toute exclusivité par-dessus son épaule, il lui aurait mis le nez sur la page de son cinquième livre contenant le passage sur « l'islamisme » supposé de son père que « l'agresseur » rendait coupable et condamnable, par conséquent, de l'avoir baptisé de façon si horrible.

Avec le risque à tout jamais de la corrompre, la pauvre page, non pas au figuré du fait de l'offense verbale mais bien au propre par l'haleine fétide, plus liée au manque d'hygiène qu'aux quantités de fromages, de cochonnailles et de vin ingurgitées par La Girouette. C'est le surnom, aurait-il pu apprendre, de l'artisan qui ne l'est plus guère de son état à cause d'une alcoolisation permanente le mettant dans une agitation non moins continuelle. Ou plutôt il redevient l'homme de son métier, une fois l'an, quand il revient voir les anciens collègues exposant leurs dernières productions. Mais, aurait-il été un tant soit peu capable de lire jusqu'au bout et de comprendre ce qui suit ?

« *Pas une seule fois [mon père] n'a fait la police pour s'assurer que je ne me dispense pas de pratiquer les cinq prières de la journée... L'entière liberté de ma conscience, il me l'a toujours laissée...*

Certes, j'ai toujours rêvé de lui ressembler. Mais ce dont je n'ai jamais été sûr, c'est que mon père soit la droiture et la générosité faites homme pour la seule raison qu'il observe les préceptes d'une religion (...) Jamais, il ne m'a paru préoccupé par le rachat d'un quelconque péché originel ni obsédé par l'accès à un hypothétique paradis. »

Et, plus loin :

« On ne s'étonnera pas si j'avoue essayer plus souvent de me conformer sans toujours y parvenir aux règles de vie respectées par mon père et qui lui ont valu estime et considération de tous que de passer le temps à solliciter les vertus supposées d'une quelconque sourate [chapitre du Coran]... »

Dans un autre livre, celui sur le journalisme, il aurait pu découvrir la prise de position sans équivoque :

« La religion, toutes les religions devraient (...) regagner les sphères privées, les domaines de la conscience personnelle et de l'intime conviction » (...)

Enfin, dans un recueil de poèmes, inédit à l'époque, dont des extraits sont présentés en exergue dans un Dossier de Presse toujours mis à la disposition des visiteurs de Salons de Livres, il aurait pu avoir la primeur de ces rimes dans *La plume salvatrice* :

*« Que j'aurais aimé, comme jadis,
Si ma mémoire avait été infaillible,*

Moi, c'est moi ! Qui donc seraient-ils, eux ?

Et mon tracé toujours très lisible,
Sur une planchette reproduire ces versets par dix
Qui m'ont toujours semblé être ceux de mon père
Plutôt que d'une quelconque religion les repères ! »

Et ces allitérations dans *Entendez les coups de canon !* :

« *Les têtes tombent. Les tombes s'ouvrent et se referment.*
Il retombe des corps sur les pierres tombales.
(...)
La mer amère altère le lait des mères.
Et Dieu, des cieux, des yeux suit, complice actif. »]

Veiller à toujours penser C H E I C K en parlant de moi, il faudrait s'y astreindre en songeant surtout à l'orthographier de la seule façon convenable.

Ainsi seulement ai-je l'agréable sentiment qu'il rappelle le Mandingue raté que je suis, portant bel et bien le nom d'un Malinké musulman en étant né, ayant grandi et ayant été éduqué dans une culture peule musulmane qui n'a rien de commun – la malinké non plus –, avec l'obscurantisme et l'agressivité des mauvais serviteurs de l'Islam à travers le monde. J'ai l'impression de surcroît que cela évoque plus le griot que j'aurais voulu devenir, préférant, ce faisant, le métier qu'aurait dû exercer ma mère à celui de mon père, artisan-bijoutier.

En résumé, par simple inversion, lettre après lettre, c'est-à-dire en cette langue verlan savoureuse, je pourrais, une fois ledit délestage opéré, me prénommer Ramuo et me nommer ETNAK. Il faudra donc m'appeler ETNAK Ramuo !

Ne trouvez-vous pas qu'il percute, ce prénom, de façon merveilleuse – sur le plan homophonique, s'entend ! – avec celui du personnage amoureux de Juliette dans l'inégalable pièce de théâtre de Shakespeare ? Le patronyme quant à lui est à ce point évocateur de celui de Pasternak. Et le tout, avouez-le, ne manque pas de panache puisqu'il peut aussi bien faire penser aux noms prestigieux de Pamuk, Oran Pamuk, de Kertesz, Imré Kertesz, de Kundera, Milan Kundera qu'à ceux d'autres écrivains « exotiques » de notoriété plus récente. Avec des prénoms plus fédérateurs que tout ce qui sonne comme Omar et rappelle désormais plus souvent « le cheikh aveugle », cerveau des attaques du World Trade Center à New York en 1993, détenu à perpétuité dans un pénitencier de Caroline du Nord ou un certain mollah fuyard à mobylette, chef suprême des talibans d'Afghanistan ou encore El-Béchir du Soudan, sous le coup d'un mandat d'arrêt de la Cour Pénale Internationale, que le grand comédien « d'origine égyptienne », Sharif.

Ramuo est assurément de prononciation plus douce que ces appellatifs qui râpent et arrachent la gorge des Occidentaux encore plus depuis le tragique 11 septembre 2001 américain. Et pourtant, lettre pour lettre, en verlan même un peu édulcoré, Oumar et Omar pourraient se lire amour et *amor* aux yeux de tous ceux qui seraient plutôt disposés à entonner l'hymne consacré d'habitude à ce beau sentiment !

Mon âge exact comparé à celui de Gando ? Je ne l'ai pas donné plus haut sans aucune espèce de coquetterie. De toute façon, les plus aptes à le dévoiler sont à coup sûr l'*ONSR*, l'Office National de Sécurité Routière, qui a offert à toute ma classe d'âge des cours de remise à niveau en matière de conduite automobile et la *RATF*, la Régie des Transports Ferroviaires, plus soucieuse en apparence de la sécurité des autres usagers de la route et qui m'a proposé, elle, une carte de réduction dans tous mes déplacements en train.

Le temps Libre a bien participé lui aussi à la révélation de notre âge, l'ancien *Temps Libéré*, périodique qui vient de prendre un nouveau nom : *Le Temps R*. R signifiant *Retrouvé* comme si le simple artifice baptismal pouvait aider à évoquer moins et à camoufler mieux les outrages de l'ancienneté tant sur le magazine que sur ses lecteurs.

Sous-titrée encore *Le Magazine des Seniors*, la publication semestrielle lançait une alerte, dès le premier janvier 2008, à l'adresse de tous nos conscrits, surfeurs invétérés ayant semé sur la Toile des données personnelles. Il nous prévenait de la survenue imminente de notre... soixantième saison, justificatrice chez certains d'entre nous de rhumatismes, de désagréments de tous ordres, de début de tonsure et, chez les autres, de leur aggravation. La sienne de tonsure, Gando l'a évoquée de manière fort belle et ironique dans des écritures antérieures portant sur le phénomène de société qu'il a appelé *le Bogue des Sexas*.

Moi aussi, Etnak Ramuo, j'ai eu mes soixante ans et je le confirme de façon solennelle ! Soit autant que Gando qui les aura eus, lui, cinq mois avant l'An 2009 ! C'est l'âge de l'Installation en Terre Promise du Peuple que la folie de certains hommes a failli exterminer et qui marque, hélas, le début d'errance tragique d'un autre. C'est l'âge de la Déclaration Universelle des Droits de l'Homme et celui d'une des Manifestations françaises ayant donné naissance à la Journée de... la Femme.

Sans doute l'*ONSR*, la *RATF* et *Le Temps R* auront-

Moi, c'est moi ! Qui donc seraient-ils, eux ?

ils compris avant tout le monde la signification particulière du « fait historique » d'entre les Faits Historiques. Et, ils auront été, dans un certain sens, les initiateurs du *happening* – traduisez : événement important ! – ayant fait que soient tombées à pic des demandes empressées de rencontres, ces suggestions presque groupées de Rendez-vous au Sommet entre Gando et ses Lecteurs.

[**En constitue une preuve, l'annonce du genre :**

Vous venez d'avoir soixante ans ? Sachez que vous entrez dans la classe des Seniors et que vous n'êtes pas du tout seuls. Dans votre entourage, beaucoup d'autres : des femmes, des hommes, des anonymes, des gens célèbres, des écrivains, peut-être, vont bientôt être sexagénaires. Dans **Le Club du Temps R,** *sur son site Internet www.Sexa.com, retrouvez-vous, soutenez-vous les uns les autres et profitez des avantages multiples que vous confère votre âge ! Ce dernier n'est pas un handicap mais un atout.*

Elle est sûrement moins mer… emmer… moins intrusive dans l'intimité individuelle que l'invitation d'un autre organisme, *ACDC* **– Agence**

du Cancer, Dépistage et Combat, je crois, je n'en suis pas sûr du tout – reçue une décennie plus tôt, libellée comme suit :

Après cinquante ans, même si on est en bonne santé, il est important de faire un dépistage du cancer de l'intestin, tous les deux ans, car ce cancer peut rester très longtemps sans symptôme identifiable.

– En quoi l'état de mon intestin regarde-t-il une quelconque institution ? ont pesté à l'époque, chacun de leur côté, Gando et Ramuo. Comme sans doute beaucoup de leurs conscrits. Avant d'obtempérer vite, reconnaissant, en ce qui les concerne tous les deux, leur privilège d'avoir une santé si bien surveillée. Alors que tant d'êtres humains sur la planète n'ont pas accès aux soins les plus primaires.

Encouragés non par l'annonce ci-dessus, évidemment, mais par celle qui lui précède, « les grands esprits », encore une fois, n'ont pas boudé l'idée, l'envie et l'occasion de pouvoir se rencontrer.]

Mais, c'est l'invitation bien tournée à participer à une sorte de *class-action* littéraire de grande ampleur, travail épistolaire d'un des lecteurs historiques de Gando, qui a produit tout l'effet escompté et même un peu plus !

« Toi, le Ciel et moi !

Cher ami écrivain, un jour rencontré sur les cimes, je t'envoie cette lettre pour te suggérer nos retrouvailles. Un rendez-vous entre toi, moi et tous ceux qui voudront se joindre à nous. Pour parler du ciel, de la montagne et des livres, les tiens, puisque j'ai découvert pour les avoir tous lus que tu avais beaucoup écrit depuis ce jour où nous nous sommes rencontrés et, malheureusement, aussitôt perdus de vue.

– Te rappelles-tu ? Nous nous étions promis d'écrire au ciel tous les deux pour révéler ce qu'il nous avait inspiré l'un et l'autre.
– Majuscule ou minuscule, le ciel ?
– Majuscule, je te l'ai concédé. Je m'en vais te donner à lire la mienne de lettre céleste, ma lettre au Ciel. Elle pourrait être la tienne, compte tenu des échanges que nous avons eus. Ce sont eux qui m'ont donné l'envie de jouer à l'écrivain en me mettant tout simplement dans ta tête pour que nos deux lettres n'en fassent plus qu'une. Je

À Dongora, coulera à nouveau la rivière

te la propose ci-après, même à retardement et tu voudras bien pardonner ses imperfections :

Ô Ciel, vingt-sept ans presque jour pour jour, j'ai été à ce point près de toi, « si bleu, si calme » à l'époque ! Ma jeunesse était flamboyante au contraire d'un certain grand poète déclarant à une dame : « nous sommes tous les deux voisins du ciel (…) puisque vous êtes belle et puisque je suis vieux ».

Quelle n'est pas ma désolation de devoir t'écrire pour te rappeler ma seule préoccupation ! À la longue, elle est devenue pour moi une véritable obsession. Mais, peut-être, devrais-je évoquer d'abord les circonstances de notre « entrevue ».

C'était l'été 1981, je m'étais élevé à deux mille sept cent quarante-quatre mètres pour atteindre le sommet du Col Agnel. Comme dépêché à ma rencontre, s'y est trouvé un journaliste du quotidien du Vatican, L'Osservatore Romano, à quelques mois de sa retraite. Ce jour-là, j'ai bien failli croire moi aussi que tout chemin menait bel et bien à Rome, comme on dit. Et, après m'être trop vite réjoui à voix haute du panorama environnant, je me suis surpris en train de me confesser comme si j'avais affaire aussi bien avec toi-même, Dieu le Ciel, qu'avec un de tes saints, le journaliste inquisiteur du Pape qui m'a demandé à quoi je pensais à cette hauteur.

– De la place, il y en aurait assez pour tout le monde

sur la Terre. Même si je revois quand même l'exiguïté des endroits par où je suis passé avant de me trouver dans cette région puis à cette altitude !

— C'est tout ? Le Paradis, vous y songez quelquefois ?

— Non pas du tout ou alors à celui sur Terre comme ici sans les atrocités, nombreuses, sous nos pieds, dans les villes et les pays que nous avons momentanément quittés. Tous les Humains devraient pouvoir y accéder au moins une fois.

— De quel pays êtes-vous ? Avez-vous eu une éducation religieuse ?

— D'un de ces pays dont je ne reflète pas du tout – faut-il dire heureusement ? – l'état de délabrement. Quelque part où les religions, justement, sont les causes des ravages de tous ordres. De ce seul fait, je ne pratique plus ma religion de naissance, une de celles dites révélées, ni aucune autre d'ailleurs. Je ne pense pas être pour autant moins vertueux qu'un bon religieux, s'il en est ! Bien au contraire.

— Que voulez-vous dire ?

— Je dis ici, « encore plus haut et plus fort qu'ailleurs », n'avoir commis aucune faute originelle à devoir réparer toute ma vie. Je ne crois à aucun dogme et ne rêve pas du Paradis à ma mort. Quant à l'Enfer, je n'en ai pas peur ! Ce n'est donc pas sa crainte qui me fait vivre dans l'aspiration à une certaine rectitude. Sans

aucune allégeance ni pour un Dieu, ni pour un Maître mais sans animosité non plus pour ceux qui adorent l'un et vénèrent l'autre ou invoquent les deux, je règle ma conduite de façon à causer le moins de tort à mes semblables. Mieux : de sorte à leur faire le plus de bien possible.

Pour prendre un exemple trivial, je ne respecte pas les impératifs de la sécurité routière, en voiture, par peur du gendarme. Je m'oblige juste à ne pas faire advenir à autrui ce que je ne voudrais pas qu'il m'arrivât par sa faute à lui ! …

– Juste ciel ! Sauvez la brebis avant qu'elle ne s'égare complètement ! ai-je cru entendre de celui dont l'habit de montagnard, identique à celui des quelques randonneurs alentour, ne laissait pas deviner le moine en lui avant que nous ne succombions à nouveau, chacun dans notre solitude, sous les charmes des cimes.

– Assurément, nul n'est prophète en son pays puisque les mêmes paroles dites par moi, chez moi, m'auraient coûté cher ! …

L'été 2002, je suis monté un petit peu plus haut pour atteindre la Tête de Vautisse à trois mille cent cinquante mètres non sans avoir longtemps fait du surplace à cause du temps soudain devenu mauvais malgré l'optimisme matinal de la météo. Et, j'ai bien failli essayer de rebrousser chemin sans être sûr de pouvoir le faire tant le brouillard par moments a pu être épais !

Moi, c'est moi ! Qui donc seraient-ils, eux ?

Ciel, mon hardi chroniqueur, envoyé spécial de Sa Sainteté, n'était pas au rendez-vous, cette fois ! ... Pas de ciel bleu non plus ; pas de ciel du tout ! Aucune vue sur rien ! L'horizon à la ronde était plombé. Il a fallu m'armer de courage et avoir beaucoup de chance pour pouvoir redescendre non pas saint mais tout simplement sauf...
– Peux-tu me rassurer, mon Ciel, que tu ne l'as pas rappelé à toi, mon confesseur ? Et si tel était le cas, voudrais-tu entendre de sa bouche ma préoccupation : « pourquoi le monde se porte-t-il moins bien qu'il y a vingt-sept ans ? » Sache, de toute façon, que tes répétitions générales réitérées du déluge, ici et là chez les pauvres le plus souvent, ne m'impressionnent pas, moi. Tout ce que je crois étant, Ô Ciel, que je ne crois pas en Toi !
Merci de ta réponse que je souhaite rapide. »

Moi, Etnak Ramuo ému par cette lettre comme beaucoup d'autres, j'ai exprimé d'instinct le vœu de faire le déplacement de Dongora. Avec la certitude, d'ailleurs, que s'il existait dans le monde un seul alter ego de Gando, ce serait... moi ! Se trouverait-il quelqu'un d'autre, capable de révéler ce que représente Jessy Lane par exemple pour le brave écrivain, à partir de confidences recueillies à la source la plus digne de foi ?

— Figure-toi, mon cher Ramuo ! m'a confié un soir Gando dans un grand moment de complicité. Quand je regarde Jessy, je vois dans son enveloppe décolletée, fourrure en forme d'étole, tour à tour couleur blanche, verte, fauve, un de ces épis de maïs rares offrant à la vue, dès leur maturité complète, leurs gros grains jaunes, noirs et blancs panachés. Avec leur « chevelure » mêlée, elle aussi, noire frisée qu'elle est par certaines de ses mèches alors même qu'elle est blonde et brune par d'autres, ce sont de vrais fleurons de céréales. De ces échantillons rarissimes dans les lopins de terre maraîchers recelant en outre gombo, aubergine, patate douce, hibiscus, appelés en langue de la montagne ouest-africaine : *sountouré kaba*, *takou*, *diakatou*, *poutè* et *follérè* des chères et tendres mères de familles nombreuses. Autant de petits champs si précieux pour elles par temps de soudure après des périodes de disette, plus régulières ces dernières années que celles des bonnes récoltes...

Sais-tu qu'en toutes circonstances, les beaux épis sont soustraits d'emblée à la consommation ? Non pas parce qu'ils empoisonneraient le moindre humain ou le plus petit animal mais parce qu'ils sont si rares qu'on préfère en conserver toutes les pépites. Fumées et séchées pour leur éviter les moisissures et les flétrissures, elles peuvent être gardées sans date de péremption avec l'espoir aléatoire de pouvoir les reproduire un jour à l'identique sur toute la superficie d'un vaste champ. Possible sans doute, de nos jours, grâce aux manipulations génétiques, l'opération aurait paru miraculeuse, il n'y a pas longtemps.

Alors, ces bonnes graines de semences pérennes, percées avec délicatesse, ont plus souvent remplacé de manière avantageuse les belles perles des colliers et bracelets en verre autour du cou, des hanches des poignets et des chevilles des jeunes filles pour garantir, à l'âge de leur puberté, la sensualité sonore de leur silhouette au moindre mouvement. Quand elles n'ont pas été transformées en chapelets de prière et, du coup, déchargées de leur potentiel érotique.

Vois-tu, Ramuo ! C'est mon splendide épi de maïs, Jessy... C'est ma « récompense », positive, ajouteraient les savants. À côté de moi, elle irradie ce qu'il faut de bonne senteur relevée avec finesse par la phérormone d'une Sénégalaise brûlante pour avoir exécuté la danse dite du ventilateur au-dessus d'un brasero diffusant de l'encens. Quant à son haleine, elle l'a si bonne, Jessy, qu'elle donne le sentiment de n'avoir jamais eu, ni ne pouvoir jamais connaître de problèmes de dentition ou de digestion. Comme si, en naissant, elle avait pu choisir en option un organisme sur lequel ni l'âge, ni les habitudes alimentaires n'ont de prise. Quand il lui arrive de postillonner par accident et de façon trop parcimonieuse, hélas, elle m'asperge un peu tel un brumisateur et m'imprègne la journée entière de ses embruns rafraîchissants, distillateurs et inspirateurs du bon et du bonheur, du bien et du bien-être, du beau et du sublime…

[Le drame pour le pauvre, s'il avait fallu – et comme l'on devra peut-être bientôt – porter des muselières afin de se prémunir contre ou pour ne pas transmettre telle grippe, humaine, en résurgence ou telle autre, animale, en recrudescence !]

Mon cher Ramuo, puisse Jessy garder à jamais le secret de son ADN pour ne pas se voir bientôt cannibalisée à des fins de clonage par les nombreux docteurs à l'affût, plutôt sorciers et charlatans ceux-là, receleurs patentés de santé et de longévité ! Je l'y aurais aidé si, en lui offrant le présent portrait, j'avais déposé en sécurité sa marque de personnalité.

– Comment expliques-tu le phénomène ? Ne serais-tu pas, par hasard, victime d'un envoûtement, mon cher ami ?

– Je n'essaie pas de me l'expliquer, je le constate et j'en suis heureux. Ce que je peux certifier, c'est que la toilette de Jessy, très soignée tout le temps, n'y est pour rien. Elle ne sent pas l'eau de toilette ou le parfum, la savonnette ou le dentifrice, encore moins une laque ou je ne sais quel cosmétique. À la rigueur, elle est un courant d'air frais. Elle est la racine reposant dans les jarres au fond des cases traditionnelles moyennes-montagnardes pour garder leur eau potable, la si délicieuse et rafraîchissante *dhadhol kâmârè*.

Du souvenir de la félicité toujours éprouvée en buvant de la pétillante « source de vie » traitée avec ce soin particulier, après le bonheur de l'avoir eue sous le nez, il me semble que Jessy en est remontée comme une naïade. Pas étonnant, en somme, qu'une causerie rapprochée avec elle ait toutes les vertus assainissantes et apaisantes de la *gosorgal malanga*, « brosse » à dents végétale protectrice des gencives et du sourire gracieux des jeunes générations de belles filles de la Moyenne Montagne.

– Avoue-le, tu ne peux pas ne pas en être un peu, un tout petit peu, même un chouia amoureux !

– Alors-là ! Tu n'y es pas du tout, mon pote ! Je suis marié et ravi de l'être avec une femme qui sent bon, elle aussi, mais d'une autre façon.

Convaincant, Gando et convaincu, moi, Ramuo ? Peut-être. Sans doute, même. Sachant, par ailleurs, que Jessy est pour l'écrivain une présence vocale agréable n'ayant d'égale que sa douce proximité physique. Quand elle sourit et, à plus forte raison, quand elle rit, elle diffuse autour d'elle – plus encore autour de lui, de façon sûre et certaine – une sorte de satisfaction qui, pour n'avoir rien de sexuel, ressemble tout de même un peu à un contentement, à un plaisir voire à une jouissance de cet ordre.

Quand elle parle, Gando entend chanter Maria Concepción Balboa dite Buika :

« Gitana que tú serás como la falsa moneda/
Que de mano a mano va y ninguno se la queda./ »

Quand elle fulmine, il entend Maria Ilva dite Milva interpréter :

« Moi, je n'ai pas peur d'essayer de vivre !/
De vouloir aimer, être femme et libre ! »

Quand elle s'enthousiasme, enfin, alors là ! Il entend tour à tour parler, rire et vocaliser la mezzo-soprano Cecilia Bartoli !

Et voilà que, depuis sa découverte de la magnifique abbaye cistercienne du Thoronet dans le Var, département du sud de la France, Gando peut les imaginer les unes et les autres dans leur sensualité entière – commettrait-il ainsi un blasphème ? – se produisant en son église, célèbre pour son acoustique des plus parfaites. Elles y seraient présentées en vedettes américaines par cette guide, – encore une femme ! –, à l'érudition d'une rare limpidité et au savoir-faire si grand. Ne réussit-elle pas à créer au moment où se termine le parcours-découverte, quand les visiteurs enfin assis sur des bancs font face à l'autel, l'illusion que c'est elle-même qui, après un claquement des doigts, entonne la louange céleste montant sous la voûte alors qu'elle est préenregistrée ?

Ils sont faciles à trouver, les liens unissant ces cantatrices impériales dont les moindres ne sont pas leurs capacités à « traduire des émotions, à véhiculer des sentiments et à créer des atmosphères ». Sans compter qu'entre les voix du passé et celles du futur, elles savent être, de surcroît, des relais puissants à l'intérieur desquels les frontières de toutes les langues sont abolies. À l'écoute de ces tessitures si distinctes, dans leurs interprétations à ce point incarnées, pris qu'il est dans les toiles sonores qu'elles semblent être toujours en train de tisser, Gando peut faire sienne, en l'adaptant, la correspondance d'une de ses lectrices pour évoquer son propre état vis-à-vis du chant :

« Chaque fois que j'ouvre un de vos livres,
Des flots de larmes m'envahissent.
Avant de les avoir dans les yeux,
Je les sens dans les oreilles puis dans le nez.

À Dongora, coulera à nouveau la rivière

Ce ne sont pas des larmes de peine,
Ce sont des torrents de joie.

Chaque fois que je referme un de vos livres,
J'ai la chair de poule et l'air complètement ivre.
Irrésistible comme une caresse, elle m'effleure.
Elle n'est déclenchée ni par le froid ni par la peur.
Elle est provoquée par la chaude tendresse
Que dégagent la plupart de vos personnages.
Saisissante, elle-même, est la vérité des témoignages
Des plus abominables d'entre eux par leur rudesse.

Le nœud à l'estomac aurait pu être une boule de douleur
Qui monte et remonte pour ma gorge étreindre.
N'ayant pour cause ni l'acidité, ni l'aigreur
Mais à une très grande émotion liée,
Elle progresse, paliers par paliers,
Pour bientôt ce seuil de satisfaction atteindre.

L'état me procure d'autant plus de plaisir
Que je sais toujours à temps me retenir.
Pour ne pas y succomber et ainsi courir
Le risque de ne plus rien, à nouveau, ressentir. »

Avec certaines de ses rimes, même disposées en toute liberté, mais aussi avec ses métaphores, ses scansions et ses allitérations... la prose laisse apparaître que si son auteur avait voulu en faire de la poésie, elle en serait vite devenue une qui n'aurait eu rien à envier à celle de versificateurs confirmés. Une façon de rappeler que tous ceux qui peuvent écrire ou même écrivent déjà ne publient pas toujours et que les « professionnels » n'ont qu'à bien savoir se tenir.

Étonnant qu'une lectrice à ce point douée soit de celles qui seraient heureuses de répondre présentes au Rendez-vous de Dongora ? Non, de toute évidence ! Et sûrement pas à cause d'un désir quelconque de rivaliser avec Gando — encore qu'elle en aurait le droit... — mais pour le bonheur de le voir et, avec un peu de chance, d'échanger avec lui de vive voix !

De voix, justement, Jessy en avait été plus férue que d'écriture dans une vie antérieure, il y a vingt-cinq ans ! Elle en avait apprécié beaucoup et continue d'ailleurs d'en aimer quelques-unes. Celle d'une certaine Espérance, entre autres, une copine de l'É.N. — comprenez : école normale — qui l'avait convaincue elle-même, Jessy, qu'elle en avait une, très belle. Une voix avec laquelle elle pouvait occuper une place primordiale parmi une soixantaine d'autres au sein de La Grande Chorale Internationale dont Espérance faisait partie. Bien que domiciliée dans la capitale du Haut Pays Bernolais, la GCI avait un statut multinational, en effet, par la composition multiculturelle de ses choristes et la thématique de ses chants.

Dans ce contexte de pur hasard, Gando avait fait la connaissance ou la reconnaissance – il faudrait voir – … d'Espérance pour avoir souvent eu à écrire sur le groupe choral des chroniques publiées dans un périodique régional. Apprenti journaliste à l'époque pour que sa plume lui rapporte un peu, comme il le disait, ne sachant rien créer ni rien reproduire avec ses cordes vocales personnelles ni, à son grand désespoir, faire quoi que ce soit avec un instrument de musique, il n'aurait eu pour plaider en faveur de sa flamme que son extrême sensibilité aux voix des femmes, à celle de Jessy en l'occurrence. Il en avait rendu compte de façon si juste que des contacts fréquents avec elle s'étaient noués et bientôt avec Espérance, aussi, par son intermédiaire. Les choses avaient alors évolué avec rapidité. Mais, pas comme la chronologie apparente des relations aurait pu l'imposer.

Il s'était bien chuchoté qu'entre les deux filles aux voix si harmonieuses, il aurait pu y avoir quelque inclination – mais laquelle ? – ne relevant pas de la simple et seule amitié. Il ne s'était pas moins raconté aussi, parfois, que le journaliste avait éprouvé des sentiments forts – mais de quel ordre ? – pour Jessy. Et, à la surprise générale, Espérance était devenue l'élue du cœur du pigiste alors qu'elle n'avait pas du tout passé pour être une de ses appelées. Mais comment et qui aurait pu le savoir ? En tout cas, par un PACS, d'abord, par le plus commun des mariages, ensuite, Gando et elle avaient uni leur vie. Et, en donnant naissance à un beau garçon dans les neuf, peut-être huit ou sept (!) mois suivants, ils avaient entamé leur pacte avec le meilleur tant ils étaient convaincus qu'ils sauraient à jamais tenir le pire à distance.

Et alors, qui donc serait Espérance, Jessy étant bien connue, elle ? Si l'on ajoute qu'après une trentaine d'années d'enseignement dans une école élémentaire, elle prête sa voix à une maison d'édition de livres audio quand son poste de conseillère pédagogique pour encore cinq ans le lui permet. Animatrice... pédagogique de son état, Espérance est prêteuse de voix, elle aussi, pour le même éditeur que sa copine. Les carrières des deux dames sont décidément trop convergentes pour ne pas paraître suspectes.

Espérance est modératrice, en plus, du site Internet littéraire www.Gando.com dont elle gère l'Espace Web Répondeur, les Blogs, les Forums d'Internautes. C'est elle qui est en rapport ininterrompu avec les exégètes de tous pays des textes de Gando, son compagnon, comme on sait maintenant.

Mais encore ! Espérance, c'est, peut-être, c'est même... c'est bien Espérance... Espérance Coline, de son nom au complet ! Quel lecteur de Gando ne la connaîtrait-il pas ? La beauté perdue de vue aussitôt que l'enseignant – encore à l'époque – l'avait entr'aperçue, c'est-à-dire vers la fin des années quatre-vingt-dix, dans cette lointaine capitale équatoriale africaine. Quand, désœuvré à cause de grèves interminables, il était devenu apprenti poète pour combler les nombreux trous dans son emploi du temps...

Hé bien, oui ! Depuis vingt-cinq ans, la réalité avait eu non seulement le temps mais les moyens de rattraper la fiction. Pour tout dire, le chemin de Gando et celui de l'objet de son coup de foudre mémorable s'étaient, enfin, croisés. Par la seule médiation de Jessy ! Et ne cherchez pour rien au monde, lecteurs de Gando, à le faire douter d'avoir vraiment rencontré le tourment de ses nuits blanches équatoriales.

Car, si trouver une Espérance en Haut Pays Bernolais tel le personnage romanesque de son admiration est, peut-être, un véritable don du hasard. Il est au moins aussi incommensurable que celui qui lui aurait fait gagner le Gros Lot à un tirage du Loto. Ou celui qui l'aurait fait naître aux dates convenables pour s'appeler Charlemagne, Fête Nat, Victoire ou Saint Curé dans une famille adepte de l'observation scrupuleuse du calendrier chrétien et de ses éphémérides pour choisir les prénoms de sa progéniture.

N'insinuez surtout pas qu'il se porterait mal, votre auteur, et qu'il se serait laissé abuser par conséquent. Ne supposez pas non plus qu'il pourrait avoir basculé de la réalité au songe en pleine confusion mentale. Chez lui, c'est la fiction, née de l'imagination et non le songe, qui sera tout simplement entrée par effraction dans la réalité. Après lui avoir tourné autour de façon prémonitoire et obstinée.

Des pseudos, des *alter ego* et des « secondes vies » pour Espérance ? Il pourrait en être trouvé de façon rétrospective une demi-douzaine au détour des pages de l'univers gandien semblable à celui d'un certain Gérard de Nerval. Même si, lui Didi Gandal Gando, n'est pas en longue quête de l'éternel féminin ni de son idéal mais de la femme faite de chair, de sens et d'esprit. Sans pathos ni frustration, la crainte d'une éconduite par les unes ou par les autres ne l'étreignant pas du tout.

Soyez rassurés, fidèles lecteurs de Gando ! Votre écrivain n'hallucine pas. Il n'est pas dépressif. Il est imaginatif et n'éprouve pas un seul instant l'envie d'attenter à sa vie ni encore moins à celle d'autrui. Se pendre à un lampadaire est, en tout état de cause, au-dessus de ses moyens.

En pays bernolais, il lui faudrait attendre l'été, à l'installation de l'échafaudage pour tailler sa haie de piracantas. Mais, il lui répugnerait tant de retomber sur leurs virulentes épines ne goûtant ni aux plaisirs, subtils peut-être, des fakirs ni à ceux des auto-flagellateurs, auto-mutilateurs et amateurs divers de mortifications pieuses.

En région équatoriale, il aurait à refaire le voyage pendant des vacances scolaires. Pour pouvoir disposer à sa guise des pieds de lampes publiques sous lesquelles les élèves révisent leurs examens. Il devrait éviter aussi la longue période de chasse aux *kinda gozo*, ces grouillantes sauterelles vertes autour des rares éclairages que partagent la plupart des habitants de la ville, capitale du pays pourtant. Elles sont d'ailleurs succulentes quand elles sont grillées, les seules protéines à la portée des pauvres !

Comme on voit, l'entreprise suicidaire, éventuelle, de Gando semble plus problématique que l'écriture par lui d'un bon livre. Alors, pourront bel et bien continuer à défiler. Non pas comme à une vulgaire élection de Miss Univers mais devant les méandres de son imaginaire et compte tenu des aléas de la réalité ayant profilé son personnage d'ami des femmes. Des amies aux prénoms électrisants, flamboyants et rayonnants sur lesquels s'impose en vérité, comme calligraphié par un expert oriental en maniement du calame, un plus beau encore. Celui qui découle de la charade suivante et qui, dans son intégralité, mérite une reproduction à l'encre de l'amour, blanche mais pas immaculée, sur le corps de celle qui répond à son appel :

Ma première syllabe évoque le lieu de prédilection des canards.
Ma deuxième rime avec Clémentine, comme de juste.
Mon tout est l'homonyme de celle qui, dans une autre vie, dans un autre livre, a donné des ailes à Etnak Ramuo retraduit du verlan.

Vous l'aurez reconnu, bien sûr, le prénom manquant à l'inventaire féminin dans l'œuvre de Gando et n'y apparaissant pas moins en surimpression, parfois, en filigrane, souvent, comme sur des billets de banque ou sur des bons du Trésor...
Attention à ne pas se méprendre tout de même à son propos. Il n'a en commun que l'homophonie avec celui de la jeune fille n'ayant rien caché de son train-train quotidien et qui, de livre en livre aux quatre saisons, a promené des générations et des générations de très jeunes lectrices sur maints lieux d'activités ou de villégiatures dans le monde !

[Et, c'est troublant sinon préoccupant qu'au moment précis d'écriture du présent passage, est enregistrée sur www.Gando.com une curieuse offre d'un certain éditeur. Comme si ce dernier avait pu, à l'instar de la « Girouette » agressive du Salon de l'Artisanat en Haut Pays Bernolais, lire à son tour dans la pensée de l'auteur.

Sa maison d'édition a pour nom le massif montagneux d'Afrique du Nord évoquant le fardeau que Titan, dans la mythologie grecque, est condamné par Zeus à porter sur les épaules. Le contenu de son annonce ?

« Pour le grand plaisir de votre fille : 4 livres + 4 cadeaux pour 2€99 seulement. Ne ratez pas cette chance unique de faire découvrir à votre fille l'univers de… *(mettre ici le prénom trouvé en répondant à la charade de la page précédente et relire comme il se doit !)* Les titres des livres : *[ledit prénom] monte à cheval, (…) petit rat de l'Opéra, (…) petite maman, (…) au Zoo.* Les cadeaux : sa silhouette, sa montre-bracelet, son sac en bandoulière, ses planches de stickers. »

Pendant quelques instants, Gando a été interloqué avant de réaliser, rassuré, qu'il n'a pas pu être espionné par un quelconque fichier Edvige

ou cheval de Troie.

Car, à se fier aux apparences, l'un et l'autre ignorent qu'il n'a pas plus été le père d'une fille qu'Espérance n'en a jamais été la mère.]

***

— Pour rien au monde, je ne manquerai le Rendez-vous de Dongora, moi non plus. Je me présente ici et maintenant car, là-bas, j'en suis sûr, je n'en aurai pas le loisir à moins de pouvoir user de subterfuges. Je suis sémiologue hors pair, psychosociologue renommé et psychiatre chevronné, naturopathe à tempérament, magnétiseur confirmé et hypnotiseur éprouvé, enseignant chercheur et titulaire de chaire de littérature internationale, lecteur, éditeur, chroniqueur littéraire, Président et juré de nombreux Prix et, à présent, professeur émérite, itinérant, pour faire la nique à l'idée incongrue de ma retraite un jour possible. Heu ! J'allais oublier, je suis Président de l'ALU, l'Association Littéraire Universelle…

Je n'invente rien. Je ne suis pas mythomane. Vous avez là ma carte de visite, étalée peut-être, mais rien que ma carte de visite, toute ma carte de visite. Elle est authentique et, devant elle, je n'ai aucune raison d'éprouver de complexe. J'essaie de rendre des services, tous les services que je peux, à la littérature et, de façon tout à fait accessoire, à un certain nombre d'écrivains. Il me faut choisir, je n'y peux rien.

À l'égard du sieur Gando, en particulier, je n'ai jamais rien ressenti, c'est vrai et je n'y peux rien, non plus. Il aura beau être un écrivain à ses propres yeux – quoi de plus normal ! – et au regard des lecteurs, – de quelques-uns, tout au moins – il ne pourra guère ébranler mon sentiment qu'il n'en est pas un, à mes yeux. Pas tout à fait encore.

Alors que me reste-t-il à faire pour essayer de dégonfler la baudruche ? À utiliser sa prétention contre son ambition. Comme on sait user de la force de l'adversaire pour le vaincre dans la pratique de certains arts martiaux. En passant par un contact non frontal mais biaisé. En laissant traîner des bribes de mon opinion à l'instar de ses quelques lecteurs radicaux en pâmoison continuelle sur son répondeur téléphonique. En lui envoyant des messages parfois manuscrits et plus souvent numériques. En postant mon admiration incitative à explorer tel sujet par-ci, tel thème par-là et à en approfondir encore d'autres de-ci de-là.

Dans le genre : **laissé sur le répondeur téléphonique par Mesu.**

« M. Gando ? C'est moi ! Une lectrice énamourée de votre écriture et collectionneuse de tous vos livres.

Moi, c'est moi ! Qui donc seraient-ils, eux ?

Quand, donc, aurai-je le privilège d'entendre votre voix ? Moi toute seule à un bout du fil et vous à l'autre bout si on peut encore s'exprimer ainsi à l'heure du tout-portable. Au lieu de l'horreur qu'est la voix impersonnelle confirmant que je suis bien au numéro qui est le vôtre et que vous êtes momentanément indisponible ! Remarquez, je la préfère, cette boîte vocale, au message que vous pourriez enregistrer vous-même et qui s'adresserait indifféremment à tout le monde et pas à moi de façon spécifique. Je réessaierai une autre fois, d'autres fois, jusqu'à vous obtenir en direct. Au revoir, M. Gando ! »

Ou dans le style : **posté par Poty sur le site Internet.**

« *M. Gando, vous venez, avec votre dernier livre, de franchir un autre cap, celui des écrivains majeurs. Que diriez-vous d'un roman-suite qui donnerait plus à espérer et qui serait consacré aux enfants des personnages de l'actuel récit ?*

J'aime votre belle écriture lisse, soignée et concise. Mais vous devriez peut-être choisir d'écrire dans un vocabulaire moins riche, moins érudit, je veux dire. Pour ménager l'aptitude à comprendre de certains lecteurs de votre pays d'origine. Car, je crains que vous ne donniez, à la longue, l'impression d'écrire pour le seul lecteur « occidental ». Qu'en pensez-vous ?

De toute façon, ne voyez dans ma suggestion que le commentaire d'un lecteur complice qui voudrait tant pouvoir vous soutenir dans votre travail d'écrivain "humain" ! »

En inondant de faux compliments tous ses liens et plus particulièrement son blog, enfin un de ceux tenus par « sa chienne de garde » la plus féroce ; en « polluant » ce dernier et, carrément, tout le www.Gando.com comme saurait le faire un simple hacker amateur, je réussirai à relever mon défi. Lui faire écrire mon seul livre qui ne sera pas sur ceux des autres ! Pas pour me venger d'avoir acheté – de m'être fait offrir, en vérité – et d'avoir lu tous les siens sans avoir une fois évoqué le contenu d'un seul ni a fortiori avoir défendu aucun. Mais pour inaugurer un nouvel exercice de style.

Reconnaissez-le, je tiens là le sujet d'un premier roman particulier, sa partie la plus importante au moins. Personne ne pouvant préjuger de ce qui pourrait toujours advenir pour le corser davantage pendant le déroulement d'une Rencontre que, par mégalomanie, ses thuriféraires ont voulu à ce point grandiose.

Je vais être celui par qui Gando écrira selon un jeu astucieux de rôles inversés le livre qui concourra au sacre de son travail que certaines… institutions, disons, à mon grand écœurement, voudraient voir imminent. Si le vent tourne, autant, alors, devenir avant tout le monde la girouette la plus fiable pour indiquer sa direction nouvelle !

Pour me résumer : je vais écrire le premier livre qui sera entièrement le mien et, à lui, je vais dicter le premier qui ne sera pas du tout le sien. D'une pierre je vais faire deux coups. L'histoire dont je vais lui faire endosser la paternité tournera autour de ce qui me semble le préoccuper à son âge : faire le point sur son travail, confirmer la continuité de son œuvre et prouver son ancrage dans les valeurs sûres de la littérature. Mais c'est moi, le plus puissant des chevaux de Troie, qui infiltrerai jusqu'à son imaginaire pour l'aider à arriver à ses fins ou plutôt aux miennes, si vous suivez avec attention mon raisonnement.

Après l'avoir travaillé au corps et à l'esprit par le procédé que je viens de vous exposer, je vais même « pianoter à sa place » sur son clavier d'ordinateur comme certains savent si bien aider à « accoucher » des personnalités du gotha musical, littéraire politique, économique, scientifique, sportif et autres. D'ores et déjà, je mets ma main au feu : le sujet précis du prochain livre de Gando, féru de Victor Hugo, sera la poursuite-pastiche, exotique, de *Notre Dame de Paris*. Elle est très grande son envie d'accorder une seconde vie à Quasimodo. L'y encouragerait la jurisprudence française ayant débouté les arrières-petits-enfants de l'auteur des *Misérables* ayant attaqué en justice le continuateur et prolongateur « sacrilège » de la vie de Jean Valjean.

Gando, je réussirai à l'extirper des griffes acérées de ces femelles lui ayant inoculé la sensiblerie de femmelette et inspiré cette écriture bavarde, digressive, caractéristique des faibles d'esprit ! Une vraie dernière mission littéraire pourrait-elle être plus gratifiante pour moi ? Promis juré, cette fois sera vraiment la der des ders ! Euterpe, Érato et Polymnie rassemblées en Moi-même, Typo D'Aguerre. Pour accompagner et encadrer dans ses velléités, ses propensions et ses prétentions musicales, élégiaques et lyriques un écrivain mineur ! Des inspiratrices et pas des moindres, les principales Muses de la Mythologie de la création en un seul homme incarné, votre serviteur en personne. C'est au rebours de Gando Didi Gandal très avancé, lui, sur la voie de sa métamorphose tel le saumon qui commence mâle son cycle de vie et le termine femelle.

Cette ambition réalisée, je n'aurai plus qu'à me retirer des lettres, de manière définitive, tous mes désirs comblés. Imaginez : pouvoir faire à Dongora la démonstration d'une *translittérature* réussie ! Existerait-il une meilleure façon de mettre fin à ma carrière d'auteur d'Anthologies ?

Il ne vous séduit pas, le concept nouveau ? Il est mien. Il fera bientôt des petits : *translittération*, *translittérateur*... Et il faudra des générations, un siècle au bas mot, pour que le microcosme écrivassier se rende compte de tout son intérêt.

Car écrire sous un pseudonyme, c'est la banalité des banalités. Écrire pour un autre, l'idée me révulse. Inutile de dire que je récuse, à mon tour, le terme auquel il est habituellement fait référence pour en parler mais je ne suis pas peu contrarié qu'il existe ce seul point d'accord avec le pauvre Gando. Écrire, alors, pour quelqu'un, en traduisant sa pensée et ses émotions ? ... C'est d'un commun ! Mais, écrire vraiment dans une fusion parfaite avec les sens et l'esprit d'autrui, à son insu – qui plus est, – c'est la performance des performances !

Vous verrez ! Ne s'appelle pas Typo D'Aguerre qui le veut ! Et, D'Aguerre à Dongora, l'affiche sera de toute beauté. Le pied, vraiment, l'occasion unique de faire douter que Gando ait écrit tous ses livres !

***

L'idée de la rencontre à Dongora, même à Jessy et à Espérance, elle a fini, à la longue, par s'imposer. Ainsi, ces dernières ont-elles bientôt pris la décision d'y accorder une sollicitude bienveillante, très impressionnées qu'elles ont été par le nombre de messagers ayant eu recours aux moyens de communication des plus traditionnels aux plus technologiques pour en exprimer le souhait. Des lecteurs qui déclinent toujours leur identité et l'ensemble de leurs coordonnées tant ils sont désireux de pouvoir entretenir, par la suite, une correspondance particulière et régulière avec leur auteur préféré.

À la réception des déclarations répétées d'intérêt personnel, aussi réconfortantes qu'encourageantes les unes et les autres, Jessy et Espérance y ont donc succombé, elles aussi et entrepris, tant qu'à faire, d'en être les organisatrices incontournables.

De la France :
Une lectrice de Nantes.

« Je viens de découvrir vos écrits.

Il me plaît beaucoup de vous lire. Vous formulez pour moi des tas de pensées que je pressens seulement. Combien j'aimerais en savoir un peu plus sur vous !

Je suis « attachée » à cette région ouest-africaine qui semble être celle de vos origines et m'intéresse à tout ce qui la concerne. Je ne saurais même pas vous dire pourquoi ou plutôt si : on m'a parlé avec nostalgie (…) de la douceur de ses « montagnes » …

Je déplore seulement que toute cette joie de vivre qui

aurait dû être celle de l'ensemble de ses ressortissants ne puisse pas trouver à s'exprimer. J'espère vous lire encore bientôt et sachez que j'irai au bout du monde pour vous rencontrer.

J'allais oublier. Faites-moi rêver aussi de temps en temps par vos poèmes (rares sont vos livres qui n'en comportent pas quelques-uns) et merci du fond du cœur ! »

D'une enseignante de Villefranche.

« J'ai lu d'une traite (presque) votre dernier récit. J'ai été très émue (…) Votre talent littéraire a fortement contribué à cette émotion et me rappelle humblement que j'ai la chance d'être née dans un pays où mes problèmes quotidiens sont bien peu de choses face à ceux rencontrés par une majorité d'habitants du monde. Merci pour ce livre qui m'aidera à relativiser certains moments de la vie qui me semblaient difficiles (…)
Amitiés. »

De la Tunisie :

« Je te tire mon chapeau !!!!
Juste pour te dire que je suis toujours ravi de te lire. J'avoue que tu me fascines à chacune de tes publications. Je te lirai encore et ferai de mon mieux pour faire passer

ton message. Tu es à encourager et à soutenir car ta plume est magnifique. Sache que tu auras de tout temps mon soutien.

Fraternellement ! »

Du Mali :

« *Merci !*

Je suis content que tu m'aies répondu si rapidement. J'emploie le tu *parce que dans la langue que je parle le mieux le* vous *singulier n'existe pas. Le respect, c'est surtout dans la manière de s'adresser aux gens car comme disent les miens :* « mieux vaut offrir un bouc à quelqu'un avec respect qu'un bœuf avec mépris. » *Et je te respecte. Du même respect que je porte à Amadou Hampate Ba, Aimé Césaire, Léon Gontran Damas, Langston Hugues et à d'autres qui ne sont pas Africains ou Noirs.*

J'ai été agréablement surpris de te découvrir et j'espère pouvoir continuer d'échanger avec toi bien que je ne sois pas un intellectuel. Contrairement à toi; même si tu t'en défends.

Je te dis bravo! »

Des États-Unis d'Amérique :

« *Des diamants en partage !*

Des livres comme des munitions… Pour mener des guerres non pas celles des corps désarticulés mais de la pensée, des mots, pour plus de libertés, plus de respect, de reconnaissance de l'Autre, plus de justice, enfin, dans tous les rapports que nous tissons les uns avec les autres.

Immense merci ! Ce sont des diamants que vous nous livrez en partage.

Avec le vif souhait que cette idée de partage ne reste pas en suspens dans les livres. »

Mais le www.Gando.com n'aurait contenu que des dithyrambes, Jessy aurait trouvé l'initiative modérément bénéfique et pas préférable à n'importe quelle entrevue complaisante, habituelle sur un plateau de télé ou de radio ou dans la salle de rédaction d'un journal quelconque. Espérance elle-même l'aurait jugée sans intérêt, pire : suspecte.

Il y a eu, pour équilibrer, des tombereaux d'autres contributions dont la pertinence, l'impertinence voire la virulence est d'autant plus grande qu'elles sont couvertes par l'anonymat que l'on peut toujours préférer garder pour participer aux Forums et autres Blogs sur la Toile. L'échantillon suivant pourrait en être représentatif.

À Dongora, coulera à nouveau la rivière

Par le Téméraire Anonyme :

« *De l'imposture autoproclamée écrivain.*

Gando écrit ou s'adonne à quelque chose qui y ressemble. Il aligne des portraits qui n'en sont que des esquisses. Il enfile des dialogues d'un style plutôt rébarbatif et des descriptions laborieuses sur le modèle des plus classiques de la littérature française.

Cela suffit-il pour lui accorder le titre d'écrivain ? Je me le demande. Je vous le demande. »

Par la Momie vengeresse :

« *Tu nous bassines, Gando avec ton gros, gros français, ton français de France, ta langue d'Académie comme on dirait une langue de… Tu nous barbes avec tes sujets graves. Quand je lis, moi, j'ai envie d'avoir autre chose sous la main qu'un dictionnaire.*

Tu veux me garder comme lecteur ? Écris dans la langue nouchi, écris dans la langue de Dago, la langue de Moussa, la langue de Soriba, écris Africain pour les Africains ! Sinon t'es un collabo comme l'ont été, avant toi, Senghor et les autres qui n'ont écrit que pour bien se faire voir de leurs maîtres. »

Moi, c'est moi ! Qui donc seraient-ils, eux ?

De la part du Scorpion bénin :

« Quelle légitimité avez-vous d'écrire sur des pays que vous avez fuis depuis si longtemps ? Vous n'avez pas honte de faire fortune avec les misères de vos compatriotes ? Vos scandaleux droits d'auteurs, ils devraient être retenus et redistribués aux femmes, aux hommes et aux enfants dont vous caricaturez la vie à pleines pages. Vous devriez même être poursuivi pour atteinte au moral des peuples. »

Bons baisers du Macho si fier d'en être Un. Un Vrai, Un Bon.

« Gando, écrivain féministe !!!!!!! Foutaise.
Elles les lui auront vraiment coupées, ses roubignolles, les amazones qui constituent son univers de prédilection. Ne se prendrait-il pas par hasard pour Mouammar Kadhafi avec sa garde femelle rapprochée ? Tout ce qui risque de lui arriver, à lui Gando, c'est de finir vieux chanteur d'un seul succès : « Où sont les femmes, femmes, femmes ? Où sont les infâmes, les infâmes, les infâmes ? Celles qui m'affament, m'affament, m'affament ! » *Et de se prendre en boomerang son livre ultime au seul endroit où il faudrait pouvoir le lui renvoyer. »*

De la Princesse Anastasie :

« Penser qu'elles veulent lui organiser un colloque à lui tout seul, ses pauvres groupies... Des journées entières perdues autour de ce qu'elles osent appeler son œuvre. On sent bien qu'elles sont gonflées au botox, les fillasses ! Heureusement qu'elles le placent aux antipodes, leur Rendez-vous pseudo-littéraire !

J'espère simplement que nous serons plus nombreux à ne pas céder à la mascarade. »

Des lecteurs acquis à l'organisation de l'événement aussi nombreux sinon plus que ceux qui lui sont hostiles, Espérance et Jessy mobilisées, reste à emporter le plus dur. Obtenir la complicité du premier concerné, défi pas plus facile à relever. La preuve : l'avis immédiat de Gando, conscient en apparence de la fidélité toute relative de certains lecteurs et de la versatilité constante de la plupart.

– Saugrenue, l'idée d'une rencontre autour de ce que j'écris.

Devant le projet, il a été plus que réservé, de tempérament réfractaire à toute injonction à écrire comme-ci et pas comme ça et opposé en général aux mises en demeure et autres recommandations de faire ceci ou de ne pas faire cela et d'avoir à se justifier, après coup, dans un cas comme dans l'autre.

– Le lecteur, il lui suffit d'aimer la façon dont les histoires sont racontées dans mes livres comme dans tout autre livre, d'ailleurs. Quant à savoir comment elles ont été composées ? Le rendez-vous au cours duquel un restaurateur s'entretiendrait avec les habitués de sa cuisine, un chef d'orchestre avec son auditoire, un médecin avec ses patients, un orfèvre avec ses clients ? Je suis sceptique. Pour parler de quoi ?

– En ce qui te concerne, pour parler de tout, à commencer par tes livres et de la littérature en général, assène Jessy, sûre de faire vibrer la corde sensible !

– Pour claironner qu'en littérature : « *je est un autre* » et que la réciproque pourrait être vraie ? Que nous ne sommes pas dans ce milieu – politique, pour ne pas le nommer – moins subtil et plutôt brutal où ils en sont sans arrêt à plastronner : « *lui, c'est lui et moi, c'est moi* ! » ? interroge Gando avec ironie.

– Dire seulement cela et accepter de le creuser un peu, c'est beaucoup faire pour un écrivain en présence de ses lecteurs. Et, là, nous sommes bien loin de la banale admiration des fans d'une star dans le show-biz ou de l'adoration voire de la vénération d'un gourou en milieu sectaire, argumente Espérance venant au secours de Jessy.

— Vous le pensez, sincèrement ? Vous pensez vraiment qu'il importe que mes lecteurs sachent qu'à cinq heures, tous les matins, je me trouve devant mon écran d'ordinateur ? Et si je suis habillé ou pas ? Vous croyez que ça les intéresse de savoir que j'ai eu beaucoup de mal à adopter le traitement de texte, après avoir longtemps pensé qu'on pouvait devenir écrivain à la seule condition d'écrire à la main ? Et que, désormais, quand je prends la « plume », c'est pour annoter des épreuves ? Que j'indique chaque fois la date et l'heure du début de mon travail et qu'il m'arrive souvent de mettre la mention : rien, parce que de tel moment à tel autre je n'ai pas pu produire une seule ligne ? Que je n'ai pas besoin de m'isoler pour écrire, plus souvent inspiré quand je suis débordé par des préoccupations de tous ordres que quand je suis libre trop longtemps de toute pression car, mon esprit en profite toujours pour divaguer ? Pensez-vous qu'il soit indispensable que mes lecteurs soient mis au courant que, réveillé en sursaut par une idée qui me taraude et joue à l'incruste, j'écris mieux et de façon plus abondante ? Qu'en corrigeant des pages imprimées, il m'arrive de noter sur les marges, avec indication des dates et des heures, des impressions sur des événements entendus au même moment à la radio dont l'écoute continuelle ne me gêne pas, actualités qui n'ont

parfois rien à faire avec le sujet sur lequel j'écris ? …
Pensez-vous vraiment qu'il y ait de quoi fouetter un
chat avec tout ce fatras ?

— Non seulement, je le pense mais je le crois. J'en
suis persuadée, martèle Espérance à la suite de Jessy
à moins que ce ne soit l'inverse, assurées qu'elles sont
toutes les deux d'avoir ébranlé la réticence de Gando.
Rien qu'à l'entendre énumérer, sans y avoir été invité,
ses nombreuses manies dans un inventaire digne de
ce poète si célèbre.

— C'est aux lecteurs de savoir lire entre les lignes !
Vous ne voudriez quand même pas que je joue à
répondre en public aux questions de savoir si moi,
l'auteur, je ne suis pas une sorte de Visnu de la
mythologie indienne et le personnage principal et/
ou son narrateur ses simples avatars ! De me débattre
avec un pseudo sur le Net me suffit !

— Tu y as découvert aussi que beaucoup
d'Internautes avaient justement des avatars, dit
Espérance en toute connaissance de cause.

— Ce ne sont sûrement ni eux ni tous les usages
dévoyés de la belle vitrine que peut, à l'occasion, être la
Toile qui m'auront rendu accro de la communication
électronique. Mais bien, toi, Espérance ma très chère
webmaîtresse, tu le sais bien. Et la faculté aussi, je
l'avoue, de pouvoir avec l'échange numérique me
passer de l'imprimatur de toute autorité avant de

rendre publique ma pensée, conclut momentanément Gando.

Les choses n'en sont pas restées trop longtemps au même point parce que les résistances ultimes de Gando ont été bientôt vaincues par un libraire de ses amis, réputé pour promouvoir des choix littéraires d'une grande qualité. Il a dû argumenter fort, l'ami libraire, tant sur certains promoteurs d'événements culturels, aussi, l'écrivain a une opinion pas flatteuse, bien au contraire.

– Les initiateurs de projets : résidences d'écriture, animations en médiathèques ou en centres culturels, participations à des ateliers d'écriture ou à des colloques, etc, j'ai fait l'expérience de quelques-uns. Comme ils ont échaudé beaucoup d'éditeurs, c'est aux écrivains eux-mêmes qu'ils s'adressent, désormais, directement.

Je te le dis tout de suite : je suis plutôt content, par exemple, que mon livre en cours ne s'écrive pas dans les délais impartis par une certaine résidence à laquelle j'aurais échappé de justesse, devancé (?) par un autre candidat. Il aurait été tellement incomplet en plus d'être différent. Et il aurait été depuis longtemps terminé alors que je continue de l'écrire et de le réécrire. Je ne te dis pas le nombre de ces pique-livres qui m'ont délesté d'exemplaires de ma bibliographie pour faire la connaissance de mon œuvre. Avant, soi-disant, de m'inviter.

Non seulement depuis plusieurs années, ils n'ont pas fini de s'en imprégner mais ils n'ont même pas eu l'élégance de me remercier pour certains d'entre eux à la réception des ouvrages. Ni, encore moins, « la délicatesse » de me les renvoyer en attendant que j'aie écrit le livre qui les inspirerait le mieux. Alors, les rendez-vous autour d'un auteur et de son œuvre, mon cher ami, malgré tout ce que tu représentes, toi, pour les auteurs, les éditeurs, et pour moi, en particulier...

L'ami des éditeurs, des auteurs et des livres n'a pas moins réussi à convaincre Gando que des rencontres autour de ses écrits lui paraissaient d'une utilité certaine. Elles pourraient tôt ou tard, pensait-il, déboucher sur des échanges autour de l'édition, de la librairie, de la bibliothèque, de la lecture publique, du prêt des livres, des clubs de lecteurs... Toutes entreprises et initiatives au sort problématique, lui semblait-il et qui, envisagées de façon différente, à partir de certains pays dits émergents, pourraient peut-être bien revivifier le secteur dans les pays même où la tradition du livre est séculaire.

Alors, la date du Rendez-vous, choisie de façon à convenir à la plupart des candidats au voyage de Dongora, a été fixée et son déroulement réglé dans les moindres détails.

Tous à DONGORA !

À Dongora, ils sont venus nombreux ! L'événement est sans précédent. Des passionnés des livres qui auront réussi ce que n'auraient pu envisager d'organiser ni des dirigeants du monde des médias et de la culture, ni ceux de la politique, ni encore moins ceux des affaires. La confrontation d'un auteur, seul, avec ses lecteurs de tous pays à la demande insistante, obstinée, de ces derniers. Ils sont bel et bien arrivés de partout, les lecteurs fidèles aux conditions sociales aussi dissemblables parfois que leur passion pour la littérature et pour le même écrivain est semblable.

Ils l'ont voulue tous avec ardeur, la *class-action littéraire* et, dans son cadre, ils vont pouvoir demander des comptes à leur auteur favori, face-à-face, vis-à-vis, sans l'interface de l'ordinateur qui n'aura pas moins été l'outil par lequel le projet a été rendu possible. Sans la communication par Internet, il est vrai, de telles retrouvailles auraient été sans doute imaginables mais pas réalisables, peut-être, avec autant de facilité.

Le maître de cérémonie est Monsieur le Maire-Adjoint de Dongora, beau village qu'il ambitionne, désormais, de transformer en celui des Livres, de l'Écriture et de la Lecture avec tout l'enthousiasme et le savoir-faire dont il est capable de faire preuve.

Dongora, c'est d'abord une rivière ! Avant d'être une commune et tout un pays, dans cette région moyenne-montagneuse ouest-africaine au microclimat euro-méditerranéen, tant y est grande la douceur de vivre et dont il n'est plus guère besoin de produire une quelconque description écrite. Le recours aux techniques modernes de localisation numérique suffit pour obtenir des aperçus fiables sur les lieux du futur carrefour littéraire et même des images assez nettes pour apprécier la splendeur de ses environs. Un chapelet non pas de mille, non pas de cent mais de dix très belles collines sur lesquelles, protectrice comme une mère-poule, veille la Dombi : une montagne culminant bien, elle, à mille mètres.

Visualiser la représentation de l'eau, celle de la végétation et des aspérités correspondantes ; les cascades par-dessus les torrents ; des résurgences de sources à proximité de grottes, petites et grandes ; des débits d'eaux certes paresseux par moments depuis plusieurs saisons mais ayant échappé, eux au moins, au sort plus tragique de certains tronçons de la Dongora.

Distinguer, à leur défilement au ralenti, les falaises et les galeries par lesquelles, quand elles étaient entretenues, il était possible, raconte-t-on, de traverser la Commune. Emprunter à vue d'œil les sentiers de randonnées reliant les crêtes les unes aux autres...

Zoomer ensuite pour dénicher dans une des vallées herbeuses la Résidence des Invités, l'Ancien Hôtel de la Source, l'Hôtel *Bhoundou Bhabhi*, construit aux premiers contacts avec les Européens. Un palace encore chaleureux en pierres apparentes et en boiseries solides, aussi bien protégé des regards par une forêt de pins et de sapins qu'exposé à leur attention par cet écrin de verdure, inattendu sous cette latitude.

Explorer aussitôt, à proximité, la grande salle des conférences et le restaurant panoramique. Ce sont des espaces conviviaux logés dans deux immenses cases rondes aux toits de paille, les Belles Rotondes aux terrasses et aux sols revêtus des ardoises de la carrière aux pieds de la Dombi et aux accès pavés du même matériau...

Il y aurait à construire, autour, quelques petits « chalets » les lieux s'y prêtent, comme on le voit – et la capacité d'hébergement s'en trouverait joliment décuplée. Alors, Dongora deviendrait la région touristique faisant toute la différence avec ces nombreuses réserves exotiques et autres innombrables parcs d'attractions, créés en maints endroits plus ou moins équivalents dans le monde. Elle serait une destination de villégiature climatique, sportive, au confort spartiate de préférence pour changer des prestations chères et prétentieuses des cocons trop artificiels proposés par certains Tours Opérateurs.

Terminer le voyage virtuel par une *promenade-travelling* dans les allées bordées d'eucalyptus ou d'acacias par-ci, par des citronniers, des orangers, des bigaradiers et des manguiers par-là. Et, comme à vol d'oiseau, l'on se sera imprégné de la magnificence du site. Pas étonnant, l'espoir suscité de le voir vite décrocher le label de beau et haut-lieu culturel, tant la volonté d'y travailler est chevillée au corps et à l'esprit du bien-nommé M. Waliou.

Il est un érudit, en effet, l'élu en second de Dongora. C'est donc à juste raison que son patronyme le suggère dans sa langue maternelle. La civilisation arabe n'a aucun secret pour ce descendant bien éduqué du plus grand des maîtres d'école coranique. La culture française non plus puisqu'il est un véritable joyau, lui-même, parmi les quelques pépites produites par l'école publique nationale ayant relayé de manière avantageuse et tout à fait exceptionnelle l'ancienne école coloniale. La technologie russe lui est familière, elle aussi, parce qu'il a poursuivi et terminé de longues et brillantes études en hydrologie dans le Moscou de l'ex-URSS. Et, il n'est pas imperméable pour autant à l'ingénierie nord-américaine pour avoir effectué des stages renouvelés au sein d'équipes techniques performantes d'Hydro-Québec au Canada.

Depuis son élection, il n'a eu de cesse de mobiliser ses acquis divers au service d'un désir pressant de voir bientôt « couler à Dongora des torrents de culture ». Non pas en lieu et place mais à côté de ceux de la rivière du même nom dont l'assèchement préoccupant par endroits peut paraître irréversible aux yeux de tous sauf aux siens propres. Considéré par lui, depuis la constatation du processus, comme la PGCEP – La Plus Grande Catastrophe En Perspective –, l'événement a pour causes conjuguées les déprédations humaines répétées : déboisements à cause des cultures sur brûlis, nombreux petits barrages en vue de maraîchages, constructions argileuses rudimentaires recommencées tous les ans, sans compter les rejets de déchets d'abattoirs sauvages et de tanneries au mépris des normes environnementales les plus banales. Ceci dans l'indifférence coupable des anciennes équipes municipales remerciées, par bonheur, depuis bientôt quatre ans.

De l'avis de M. Waliou, le reboisement et la reconstruction d'un habitat adapté, en même temps que la reconstitution du lit de la rivière à laquelle il tient pour des raisons évidentes, ne sauraient passer que par l'élévation du niveau de culture générale de l'ensemble de la population.

Mais l'on ne peut pas comprendre tout son attachement à sa Dongora, en quelque sorte, si l'on ignore qu'il a gagné à plusieurs reprises, adolescent, des concours de nage en bravant ses remous, ses rouleaux, ses profondeurs variables qui n'ont aucun secret pour lui, et qu'il est, de fait, devenu par la suite le secouriste en chef de la Commune.

Un apprenti pêcheur – et pas encore maître nageur non plus – ne coule-t-il pas après s'être jeté au fond de l'eau pour tenter de remonter ce qu'il pense, souvent à tort, être une très grosse prise au bout du fil accroché à la baguette de bambou lui servant de canne à pêche ? Beaucoup d'enfants et d'animaux domestiques n'ont-ils pas été emportés par la rivière, du temps où elle entrait régulièrement en ébullition ? Les uns et les autres ont eu une grande baraka parce que Wali – diminutif pour les copains d'enfance – et sa bande de garçons-nageurs, traînaient au même moment, comme tous les dimanches, jours de congés et de vacances scolaires, sur les berges de la Dongora.

De leur présence ou de leur absence a souvent dépendu aussi le sort de tous ceux qui, en traversant les torrents à petits sauts d'une roche plate plus ou moins glissante à une autre ou en équilibre sur les troncs d'arbres branlants tenant lieu de ponts, ici et là, ont trébuché et plongé sans rien pouvoir y faire.

Alors, entendre l'hydrologue qu'est devenu M. Waliou ouvrir une cérémonie littéraire est un régal oculaire avant d'être auditif. Comme, en plus, il n'a rien à envier au teint, à la silhouette, à la mise et aux manières du légataire universel unique du couple… Gando-Espérance, sosie lui-même du premier président américain métis ! Un augure plutôt bon de l'énorme regain d'envie de changement qu'il saura à n'en pas douter susciter dans le cœur de ses concitoyens.

Mesdames et Messieurs, chers amis lecteurs venus du monde entier, par ma voix, la Commune de Dongora, capitale du petit pays du même nom, est très heureuse de vous accueillir durant ces trois journées, trop courtes à son goût et au mien, vous vous en doutez. Elle en est d'autant plus fière, notre Commune, qu'elle a obtenu le privilège de focaliser l'intérêt international par le travail d'un de ses plus illustres enfants, l'écrivain Gando Didi Gandal.

À Dongora, coulera à nouveau la rivière

L'appellatif auquel il a le bonheur de répondre – je ne vous l'apprends, peut-être pas – est à lui seul un projet culturel ambitieux puisqu'il signifie au choix dans notre parler montagnard : source, onde ou étang de savoir. *Vous pensez bien que nous n'aurons jamais assez remercié ses parents d'avoir fait preuve d'une si grande clairvoyance dans le choix des prénoms de baptême du troisième enfant de leur famille de quinze membres au patronyme ayant lui-même pour traduction :* savant.

Je vois que Dongora vous surprend, n'est-ce pas ? Alors, pour continuer dans mon élan, je ne vais pas résister à l'envie de vous mettre un peu plus dans l'intimité des nôtres en vous révélant d'autres aspects voisins de nos coutumes. Telle famille, chez nous, qui donne par exemple des naissances à répétitions de garçons et désire des enfants du sexe féminin... Hé bien, en décernant un prénom de fille au dernier-né d'entre eux, il n'est pas rare que la naissance suivante soit vraiment une fille ! Bien sûr, elle procède de façon inverse quand elle souhaite voir naître un garçon après des accouchements réitérés de filles. Telle autre famille a connu des décès fréquents de nourrissons... Elle n'a qu'à former le désir d'appeler Moumini, le garçon ou Mouminat, la fille à naître et la tragédie est jugulée. Chez nous, comme vous voyez, c'est désirer qui est pouvoir plus encore que vouloir.

Sachez aussi, – et là, je change de sujet – sachez que notre Commune organise depuis trois ans des concours de calligraphies en arabe et en français, des joutes de lecture, de récitation et d'interprétation de passages des livres sacrés dans un esprit de tolérance à peine pensable dans diverses contrées du monde et qui ne l'était pas davantage à Dongora, il y a seulement une trentaine d'années.

Alors, lecteurs d'Extrême Orient – Oui, je réalise avec bonheur qu'on en compte quelques-uns dans l'assistance –, l'appel vous est lancé. Venez nous retrouver dès la prochaine édition dont vous trouverez les dates jointes au programme des présentes rencontres, agenda à votre disposition. Je vous invite de la façon la plus solennelle, venez participer nombreux au prochain concours de calligraphie ! Les écritures de tous pays : Russie, Chine, Japon, Inde… seront les bienvenues.

Chers amis, je vous présente toutes mes excuses si vous avez pu penser que j'ai failli à la plus élémentaire des civilités en ne vous disant pas merci au tout début de mon intervention… De quoi donc aurais-je dû vous remercier en premier ? D'avoir joué le jeu convenu entre nous. D'avoir non seulement accepté de venir à vos frais mais d'être arrivé à Dongora avec au moins un livre neuf, chacun, pour la future bibliothèque de la Commune. L'expression de notre immense gratitude, je l'ai réservée pour la fin comme on le fait toujours avec le meilleur.

À Dongora, coulera à nouveau la rivière

Merci donc à tous pour les livres offerts. Grâce à vous, un fonds d'une très grande richesse est d'emblée constitué. Et soyez rassurés : la bibliothèque, la vôtre, la nôtre, ne sera pas construite avec des briques de fortune ni avec un toit de paille. Elle sera en pierre, en verre et en ardoise. Nous en poserons la première… pierre, justement, à la clôture de nos travaux. Les livres reçus ne sont pas moins accessibles dans l'immédiat à leurs lecteurs potentiels. Le génie de nos artisans les a mis à l'abri des intempéries et des vols éventuels. On ne sait jamais : à Dongora où on ne vole rien de matériel, on pourrait peut-être bien dérober du culturel ! Les livres, disais-je, sont déjà rangés comme dans une vraie librairie sous une structure architecturale provisoire faite de containers de récupération. Devant la prouesse, certains parmi vous ont eu, du reste, le temps d'exprimer leur émerveillement.

Mais, je ne vais pas accaparer plus longtemps la parole. Elle vous revient et, sauf nécessité pratique, il n'y aura même pas besoin de modérateur pour qu'elle passe des uns – des unes aussi, bien évidemment – aux autres… Enfin, à l'usage, nous verrons vite comment les choses vont pouvoir se dérouler.

Sur ce, je déclare ouverts les Premiers Échanges autour de l'œuvre de Gando Didi Gandal, enfant de Dongora, la Future Belle et Tempétueuse Rivière de la Culture !

Tous à DONGORA !

***

De manière paradoxale – mais, ne fallait-il pas s'y attendre un peu ? – c'est à la vitesse de l'éclair que certains lecteurs sans peur ni reproches ont senti leur pousser des ailes de procureurs.

– Je suis très déçu, Monsieur l'écrivain Gando et je n'y vais pas par quatre chemins. Je vous le dis comme je le ressens, les yeux dans les yeux. Est-ce, vous, d'ailleurs qui êtes là devant moi ? Vous-même Gandal Gando ? Personne ni rien ne me prouvent que vous n'êtes pas, par exemple, Didi Gando ! Comment faire la distinction entre Gando et Didi ? On sait tous qu'un certain écrivain a usurpé l'identité de son neveu. Qu'il a pu en faire l'auteur du livre lui ayant valu pour la deuxième fois ce Prix célèbre qui n'aurait jamais dû être redonné à la même personne. Pour tout vous dire, je ne crois pas vous avoir, vous, en face de moi.

– Mon problème, moi, c'est que je ne sais pas qui j'ai face à moi. Qui êtes-vous, Monsieur ?

– Mon identité n'est pas importante. Nous sommes plutôt réunis autour de la vôtre. À ce propos, vous ne payez pas de mine ! Alors, là, pour ne pas payer de mine, vous ne payez pas de mine du tout ! J'ai lu tous vos livres, je vous ai entendu les quelques fois où il vous est arrivé d'en parler sur des chaînes de radio. Je ne vous avais jamais vu. Étant donné que je n'ai pas trouvé une seule photo de vous, la presse écrite et la télévision n'ayant encore rien consacré à votre œuvre. Je ne sais pas comment vous dire. Je m'attendais à rencontrer, je ne sais pas trop qui, mais quelqu'un d'autre que vous-même, aujourd'hui devant moi…

– Bon ! Je commence tout de suite par vous mettre à l'aise. Vous auriez dû l'être, déjà, à l'écoute attentive de M. l'Adjoint au Maire de Dongora. Didi et Gandal sont mes deux prénoms. GANDO est mon nom. Je m'appelle Didi Gandal GANDO ! Quant à *payer ou* à *ne pas payer de mine*, Monsieur, je ne sais pas quoi vous dire, moi non plus. Je ne vous comprends pas, soupire Gando non sans imaginer, à tort peut-être, que la parole de son interlocuteur a outrepassé sa pensée et que, probablement séduit par l'expression découverte de fraîche date, il a trouvé l'occasion inespérée de la réutiliser.

Vous pensez sérieusement qu'il y a, pour un écrivain, le moyen de transpirer l'insignifiance ou plutôt, dans votre esprit, l'importance qu'il peut revêtir pour ses lecteurs ? Vous estimez qu'il existe un état, une apparence, un apparat d'écrivain ; un costume qu'il porterait ; un air qu'il se donnerait et qui ferait de lui l'écrivain reconnaissable et reconnu ? Mais, depuis longtemps, nous savons, Monsieur, que *l'habit ne fait pas le moine*. Peut-être voulez-vous parler du charisme de l'au...

— Certainement pas ! Le charisme se dit en général des politiques pour lesquels je n'ai aucune estime et donc pas d'admiration, je vous l'apprends tout de suite, à mon tour !

— Un vrai écrivain ne serait-il pas pour vous un écrivain mort ou un qui vous soit inaccessible ? Avez-vous jamais rencontré Senghor ou Césaire, par exemple ?

— Senghor et Césaire, je les ai vus et revus à la télé. Quelles personnalités ! En face, je n'ai jamais eu le privilège de les voir mais j'ai l'impression, je suis même persuadé que si je les avais rencontrés, j'aurais flairé Senghor, j'aurais senti Césaire. Il me semble qu'ils auraient eu autour d'eux une aura et au-dessus de la tête une auréole. Pourtant, certains de vos écrits et beaucoup de vos propos me font autant sinon plus d'effets que ceux des écrivains de la Négritude. Je ne me l'explique pas. C'est à vous de me l'expliquer !

— De n'avoir pas montré ma bobine à la télé me handicaperait-il à vos yeux ? ... Là, je ne pourrais rien y faire. Maintenant, c'est bel et bien moi que vous avez devant vous, en chair et en os, à votre entière disposition. Essayez donc de me « tirer les vers du nez » ! Parlons littérature et histoire ! Parlons philosophie et linguistique ! Parlons actualité si vous le souhaitez ! Faites-moi passer le Plus Grand Oral possible et vous déciderez après s'il vous importe encore que j'aie l'air de ceci ou de cela, d'un écrivain ou pas ! …

***

– Monsieur Gando et Mesdames !

L'apostrophe est vigoureuse de la part d'un personnage dont il sera peut-être intéressant de connaître l'identité, la profession et les motivations plus tard. Tant il donne l'impression d'être en service commandé pour un réseau de pensée des plus intolérants même s'il n'en laisse percer aucune apparence physique ou vestimentaire.

Savoir qui est-ce qu'il pourrait bien être ? Mais à quoi bon, finalement, si des réponses à ses interrogations « d'amateur de littérature » peuvent être trouvées par l'un ou l'autre de ses interlocuteurs : l'auteur lui-même ou n'importe quel lecteur dans l'assistance ?

– M. Gando et ses dames, répète-t-il en tout cas avec une inflexion de la voix ajoutant une dose de perversité à l'interpellation ! Je m'adresse aussi, tout le monde l'aura compris, aux deux groupies à côté de M. l'écrivain, ne s'empêche-t-il pas pour autant de préciser. « Ôtez-moi d'un doute ! » Entre tous les trois : deux femmes contre un homme, quels rapports entretenez-vous ?

– Pourquoi dites-vous contre ? s'insurge une auditrice qui pourrait bien être celle arrivée de Nantes.

– Votre trio du moment serait il seulement littéraire ? poursuit imperturbable notre homme. Ou alors, M. Gando, vous auriez réussi, vous, à importer en Occident la coutume polygamique des vôtres. D'ailleurs, rassurez-vous, elle passerait sans problèmes, une fois recyclée en triolisme ou en toute autre forme d'échangisme comme les nombreux vices admis dans ces pays de l'hypocrisie sexuelle institutionnalisée.

Démocraties républicaines, libres, égalitaires et fraternelles, soi-disant, il y est toujours bien vu de fustiger les moindres coutumes allogènes tout en s'accommodant de pratiques endogènes pas plus recommandables. J'en veux pour preuves ces doubles et multiples vies de polygamies ou de polyandries, tolérées, parce qu'elles ne disent pas ouvertement leur nom alors qu'elles ne diffèrent en rien de certaines mœurs venues d'ailleurs, condamnées, elles.

– Ne noyez pas le poisson dans cet immense océan d'une culture qui, je l'avoue, n'est pas la mienne !

Venez-en aux faits, cher Monsieur ! À Monsieur Gando et Mesdames, comme vous dites, que voulez-vous reprocher ? interroge Jessy.

– Votre ménage à trois.

– Au nom de quoi ? En qualité de qui ? Et, d'ailleurs, qu'en savez-vous ? Et, qu'est-ce ça peut vous... f... faire ? Mais, enfin, qu'est-ce que de telles insinuations apportent à une rencontre où il ne devrait être question que d'écriture de livres et de lecture ? demande coup sur coup Espérance, très agacée, elle aussi.

– Beaucoup de gens pensent... Il y en a même qui disent...

– Dites plutôt : « obsédés par leur sexe comme vous, certains pensent et disent »... M. l'Adjoint au Maire, vous auriez tout intérêt à l'avoir à l'œil, notre auditeur. Il n'est peut-être pas du tout un « touriste culturel » ou un « randonneur littéraire », lui, accuse Jessy.

– Il nous importe quand même, Mesdames et Monsieur, de savoir votre statut matrimonial. Mme Lane auriez-vous un homme, un autre, dans votre vie ?

– Pour quoi faire ? Je veux dire : est-ce que cela vous regarde ?

– Oui, puisque si ça se trouve, vos rapports interfèrent dans le processus d'écriture de... Et, c'est à vous aussi, en vérité, M. Gando, que je pose la question et non uniquement à vos…

— Et vous, si vous méditiez un peu, conseille Espérance, cet aphorisme qui serait… persan ? Il l'est. Ma mémoire est encore bonne, heureusement :

« *À deux, on n'est pas assez nombreux pour écouter de la poésie. À trois, on l'est un petit peu trop.* »

Monsieur, quelqu'un aurait-il exigé que vous montriez patte blanche avant votre participation à notre rencontre ? interroge Gando en réaction à son interpellation.

— Non !

— Alors, contentez-vous de parler du sujet qui nous réunit, voulez-vous ? Sinon, laissez la parole aux autres ! ordonne sans ménagement l'écrivain, fort émerveillé du reste par la trouvaille de sa compagne : le coup de la citation parsie.

À tout l'auditoire, il aura par la même occasion évité d'entendre ce que l'espèce de gardien de la vertu avait peut-être l'intention de dire, des horreurs commençant toutes par p… au lieu de muses ou égéries pour désigner Espérance et Jessy.

— Et puis, vous n'aurez qu'à guetter la sortie du prochain livre de Gando, suggère Jessy. Il s'écrit, je veux dire que l'auteur est en train de l'écrire, pendant le déroulement de nos travaux et peut-être en saurez-vous davantage sur l'amitié, la complicité, les passions partagées, l'amour même et autres relations en tous points différentes de toutes celles qui vous préoccupent, vous.

J'ai pu penser, il est vrai, devoir par moments, reconnaît-elle tout de même, conseiller à Gando des genres de livres à écrire. Tant je lui souhaite un grand succès qu'il me semble mériter beaucoup plus que certains autres de ses compères. Comment m'y prendre ? Et d'ailleurs, serais-je un tant soit peu fondée à le faire alors même que les objets de mon admiration chez lui, ce sont exactement tous ses livres publiés ? Et non des kyrielles d'élucubrations vendeuses auxquelles il pourrait sacrifier lui aussi et qui n'auraient plus rien à voir avec son art personnel si spécifique...

— Vous voyez bien que vous n'êtes pas pour rien dans la littérature « gandienne », revient à l'attaque le procureur intrépide. Il suffit de vous pousser dans vos derniers retranchements et...

— Attention à ne pas trop vite crier victoire ! Jamais je ne m'en étais ouverte à personne même pas à Gando et, de toute façon, je le connais assez pour savoir qu'il n'en aurait pas tenu compte…

– Oh, peut-être bien que si, pour une fois ! Et, justement, à propos du livre en cours d'élaboration, il ne m'était pas arrivé d'éprouver ce que je ressens en ce moment, révèle Gando à son tour. Mes personnages me tiennent compagnie, quand ils le veulent, j'ai failli dire. Ils ne sont plus jamais loin de moi. Ils m'habitent à moins que ce ne soit l'inverse. Peiné de devoir quand même me forcer à les quitter par moments, je n'ai qu'une hâte : celle de les retrouver pour continuer d'échanger avec eux. Non sans appréhender les moindres pépins qui pourraient leur être arrivés si je les ai abandonnés pendant trop longtemps. J'adore certains, j'en hais d'autres et je suis soucieux de l'évolution de leurs rapports, convaincu en quelque sorte de leur existence réelle et conflictuelle comme la nôtre dans la vie de tous les jours.

Quand j'entendais des confrères raconter les relations qu'ils ont pu entretenir avec les femmes, les hommes… mais aussi avec les choses et les êtres ayant peuplé leurs récits… et comment ces derniers ont joui d'une vie autonome, quand ils leur ont échappé complètement, je les trouvais bouffis de prétentions.

Jamais en ce qui me concerne, les moments plus nombreux où j'écris n'ont eu de rapport auparavant avec les rares moments au cours desquels je vis sans me préoccuper d'écrire. Jamais, comme maintenant, mes personnages ne m'ont forcé la main. Alors, serais-je seulement, avec le livre en chantier, en train de devenir un écrivain, un vrai ? Ou alors serais-je sur le point de réaliser que la tâche est trop exigeante, trop sérieuse, trop prenante, trop accaparante et même dévorante pour vouloir et surtout pouvoir persévérer davantage dans son exercice ? Ou enfin, serait-ce l'explication simple et la justification par avance de mon dernier rendez-vous décennal, la date butoir pour solder tous mes comptes avec l'écriture et la littérature ?

– Hé bien ! Voyez-vous, mes chers amis ? Nous aurons besoin de toutes les rencontres à venir pour aborder l'ensemble des sujets autour de la vie et de l'œuvre passée et… future – moi, je n'en doute pas ! – de notre écrivain, conclut M. le Maire Adjoint de Dongora, jouant momentanément, du coup, le rôle de modérateur qui lui est dévolu voire un petit peu plus : celui de lecteur d'avenir.

***

Quelqu'un entreprend, aussitôt après, d'évoquer des souvenirs de prime jeunesse.

— Didi, je vais devoir, moi, te parler du passé. De l'histoire, en quelque sorte. Oh, pas de la grande, de la petite histoire ! Ce qui, je l'espère, ne te déplaira pas. En tout cas, l'idée de vouloir te gêner d'aucune façon ne peut trouver de place dans mon esprit. Et, si je te tutoie c'est bien parce que, dans cette assemblée, je suis un des rares habilités à le faire sinon le seul. Pour la simple raison que nous sommes des copains, des amis, des anciens camarades de classe, pour être exact. À ce titre, j'ai beaucoup de plaisir à t'avouer, pour commencer, mon bonheur de te revoir à cet agréable moment où tu côtoies la réussite. Et, pour en venir aux faits, est-ce que tu te souviens qu'en notre classe de CM1…

— Elle était bien couplée avec une CM2 et tenue par le directeur…, a enchaîné Gando de manière instinctive.

— Lui-même secondé par un enseignant, histoire d'être un petit peu déchargé, a poursuivi le copain. Nous nous sommes lancé un défi que nous avons relevé avec brio. Voler, je dis bien : voler toutes les règles de tous les élèves de notre classe !

— C'est ainsi que nous avons visité tous les plumiers, a repris Gando. Nous avons fouillé tous les sacs, tous les casiers qui pouvaient en contenir une et parfois plusieurs pour certains d'entre eux.

— Et nous les avons maquillées toutes, a expliqué

l'ami d'enfance. Nous les avons barbouillées à l'encre noire, de ces encriers de l'époque dans les creux aménagés pour les accueillir sur chaque table-banc.

– Pendant plusieurs jours, le maître s'est demandé quel processus chimique pouvait expliquer son tarissement en cette seule et donc curieuse classe de CM1/CM2. Il faut avouer que nos pinceaux de fortune – du papier buvard roulé et attaché au bout d'une règle – nous ont évité la production de tout indice digital ou de la moindre piste manuelle pouvant conduire à notre repérage. Mon cher Al Diou Ma, je t'ai reconnu ! Je suppose que c'est toi seul et personne d'autre qui m'interpelle de cette manière, cher ami, cher camarade, cher copain d'enfance.

– Oui, c'est moi et, si tu te rappelles, notre maître a osé émettre l'hypothèse de l'harmattan et de la grave sécheresse comme responsables de…

– Une visite des djinns en ont conclu les parents d'élèves, quant à eux. Et ils ont enchaîné prières sur prières et fait des offrandes multiples pour chasser de l'école les esprits maléfiques !

– Quelle mémoire ! J'ai été, en effet, ton ex-voisin de table-banc, moi Al Diou Ma, alias l'Encreur Caché. Et toi, tu t'en souviens, tu étais le Visiteur Masqué. Quelle histoire !

– Comme tu dis : quelle histoire !

Sur des souvenirs communs, ils pourraient échanger des heures et des heures, Didi Gandal Gando et Al Diou Ma Ba. Pour le plaisir de l'assistance et, en particulier, pour celui, plus grand encore, du Maître et des Ordonnatrices de la cérémonie. Combien ces dernières ont été réconfortées de découvrir que la seule rencontre d'un écrivain avec un ancien camarade de classe – qu'en serait-il avec plusieurs ? – peut faire l'objet d'un colloque entier !

Il leur est apparu de manière évidente qu'il n'est pas du tout inintéressant de savoir comment des gamins, pas seulement espiègles et facétieux à onze-douze ans mais aussi « cambrioleurs, dissimulateurs, mystificateurs » et beaucoup d'autres choses encore en *eurs*, comme il le leur a été reproché avec sévérité, ont pu devenir inspecteur de l'enseignement, à la retraite depuis cinq ans, pour l'un et auteur de livres pour l'autre. Penser que certaines de leurs « prédispositions » seraient estimées... « génétiquement » coupables dans beaucoup de pays aujourd'hui très sécuritaires et seraient criminalisées sans autre forme de procès !

Dur de réaliser qu'en de telles circonstances, à présent, des garnements aux aptitudes paraissant quelque peu anormales pourraient être, à coup sûr, jugés en comparution immédiate et déférés en centres d'éducation fermée sinon en prisons pour enfants ! Effroyable de se dire que si leur sort avait été ainsi scellé à cette date, il aurait été de nos jours si tragiquement différent…

Démasqués au moment où ils ont voulu rendre les fruits de leurs rapines, ils n'ont par bonheur écopé, même en conseil de discipline convoqué de toute urgence, que des punitions scolaires classiques : nettoyage des règles, restitution et présentation d'excuses écrites à leurs propriétaires. Mille copies manuscrites de chacune des deux phrases :

« Qui vole une seule règle désobéit à toutes les règles de la vie en société. »
Mais « une faute avouée est à moitié pardonnée. »

– L'entorse gravissime à l'un des principes du règlement intérieur ne nous aura pas empêchés de collectionner les prix en fin d'année autant au CM1 qu'au CM2, l'année suivante, pour… l'excellence de notre travail.

– Te rappelles-tu ces titres de livres qui nous ont tant amusés car nous avions l'impression qu'ils ont été ajoutés juste pour faire beaucoup entre nos mains, leur intérêt en vue de notre formation nous ayant semblé limité ? Dans un de tes lots, toi tu as bien eu *Poupoune au pays des navets* !

– Et toi, donc, on t'a offert, si je ne m'abuse, *Hugon, duc de Bordeaux*.

— Comme quoi : *il n'y a vraiment pas de mauvais livres ; il n'y a, éventuellement, que des mauvais lecteurs.* En tout cas, ils ne nous auront pas fâchés, bien au contraire, avec le désir de tout lire sur n'importe quel sujet.

— Il y avait quand même *les* multiples *Aventures de Leuk le lièvre* du tandem Léopold Sédar Senghor-Abdoulaye Sadji et les *Contes et Nouveaux Contes d'Amadou Coumba* de Birago Diop... Tous les livres offerts comme prix d'Excellence et d'Honneur l'étaient, d'ailleurs, toujours par anticipation à leur entrée éventuelle dans les programmes des futures classes des lauréats. Ils permettaient donc à ces derniers de garder de l'avance sur leurs camarades non primés puisqu'ils avaient le temps de les lire pendant les grandes vacances.

— Je les revois aussi ces beaux livres de l'Histoire de France ! Avec les si belles illustrations en couleurs représentant le souvenir du Vase de Soissons, l'Empereur à la barbe fleurie, Charlemagne, la justice rendue sous un chêne par le bon roi Saint-Louis, la fabrication des céramiques par Bernard Palissy, obligé d'alimenter son four avec le bois de ses meubles, portes, fenêtres et planchers ! ...

— Qu'ils sentaient bon les livres neufs ! On en aurait volontiers léché et mangé certains.

— C'est vrai ! L'odeur des livres était spéciale,

attirante, appétissante. En quelque sorte, les livres de classe fleuraient toujours bon le savoir et même – je veux dire surtout – quand ils paraissaient usagés, vieux, anciens. Les livres des temps actuels, je ne les sens pas pareils, moi. D'ailleurs, auraient-ils encore une odeur ?

– Moi, je la perçois un peu, cette bonne odeur de, de... de ce qu'il faudrait savoir ! Cette senteur sulfureuse, aussi, tout au moins à l'odorat des censeurs dans ces pays où l'on aimerait tout occulter... pour maintenir la majorité de la population dans l'ignorance et dans l'obscurité. Toi, des pleines pages te sont désormais consacrées. Alors, c'est un peu normal que tu ne puisses plus « flairer » les livres...

– Tu le crois ?

– Oui, j'en suis convaincu.

– Des pleines pages ! Faut pas exagérer non plus, sacré Al Diou Ma Ba ! Et dire que je voulais me dérober à cette rencontre. Je ne t'aurais pas revu et donc pas entendu. Muré dans une posture d'écrivain sauvage, misanthrope, solitaire et fantasque, estimant n'avoir rien à dire qui ne doive passer par l'écrit, je n'aurais jamais pu échanger avec toi ni avec aucune des personnes ici rassemblées...

– Sache que, moi aussi, j'ai été très heureux de te retrouver et de te sentir aussi disponible que du temps de nos jeunes années. Didi, est-ce que tu te souviens de nos fameux *concours de tintin* ?

— Si je m'en souviens ! Bien sûr que je m'en souviens, Al Diou Ma ! Pour l'assistance, je précise qu'il ne s'agissait pas pour nous de jouer à Tintin et Milou en reportage au Congo, au Tibet ou ailleurs mais bien de *jouer au tintin*. Tintinnabuler pourrait être détourné à bon escient pour parler de notre épreuve sportive qui consistait à jongler avec un ballon, un de nos nombreux ballons de fortune en *ngopo lemunnè, lintchè* ou *poorè*. Compte tenu des petits coups plus ou moins sonores qu'il fallait donner dans le ballon pour le faire rebondir sur un pied puis sur l'autre, des séries par dizaines, centaines et milliers parfois, le maximum en tout cas, pour se voir déclaré vainqueur.

— Ceci, des années et des années avant que des footballeurs professionnels tels que Diego, Ronaldo, Ronaldino ou Zizou aient été vus en train de pratiquer le même exercice avec de vrais ballons. Mais, il faut l'avouer sans fausse modestie aucune, ils sont bien moins performants que nous l'étions. D'ailleurs, c'est toujours pour faire diversion qu'ils jonglent aussi avec les genoux, eux, puis avec la tête pour pouvoir tirer leur révérence au plus vite.

— Remarque, ni toi ni moi, non plus, n'en avons été un jour les champions. Le prodige, c'était plutôt Molal dit Gaucher.

— Penser qu'un des grands jaloux de ses exploits à répétitions l'a un jour provoqué en un duel de reprises de volées. Défi au cours duquel le mauvais joueur, au bout de plusieurs passes, lui a lancé par subterfuge un ballon lesté de cailloux ! Le pied endolori, il a bien été dans l'incapacité totale de jongler pendant une quinzaine de jours. Qu'est-ce qu'il était doué du pied gauche, Molal ! S'il avait pu l'être autant du droit et de ses deux mains… À propos, qu'est-il devenu ?

— Tu ne pensais peut-être pas si bien dire ! Adroit de tous ses membres, il l'était, vraiment, Molal. Car, orthopédiste à la fin de ses études de médecine aux États-Unis, il y travaille depuis plusieurs années. Mais, aussitôt qu'il le pourra, tu peux en être sûr, il fera le déplacement littéraire de Dongora. Didi, c'est triste à dire, je te le dis quand même : lui, toi et moi sommes les rares survivants de notre génération. Molal et toi vous vivez à l'étranger. Les sexagénaires comme moi au pays sont rares et ne s'enthousiasment plus pour rien, hélas. Sauf à l'entretien du beau cimetière de la Commune, dernière demeure qu'ils ne redoutent plus de regagner bientôt. Faudra bien étudier un jour pourquoi nous ne semblons pas avoir hérité de la longévité de nos parents, centenaires, dans notre si charmante moyenne montagne.

— Sujet important de colloque, n'est-ce pas, M. le Maire adjoint ? suggère Gando.

— Assurément ! répond l'élu. Et ladite question cadre à merveille avec le grand engouement culturel que j'essaye avec les habitants d'impulser à Dongora et dont dépendra tout le reste, à mon avis.

— Nous savons pouvoir compter sur vous ! affirme Al Diou Ma Ba, optimiste. En attendant, j'en reviens à notre *concours de tintin*. La confection de nos ballons, un art à part entière : ils ne devaient pas être trop lourds ni trop légers, pas trop secs ni trop humides. En *ngopo lemunnè*, ce qui signifie avec une peau d'orange ou de pamplemousse, il fallait déjà éplucher d'un seul tenant l'épiderme vert ou même mûr comme savent le faire avec une finesse exceptionnelle toutes les bonnes vendeuses d'agrumes. En gardant intact le derme blanc et en pratiquant une ouverture minuscule par laquelle extraire tout le jus, rien que le jus, le ballon était aussitôt prêt à l'emploi.

— En *lintchè*, autrement dit avec de vieux tissus, il n'y avait qu'à trouver les chiffons adéquats, en coton de préférence, puis bien les tasser et enfourner dans de vieilles chaussettes roulées en boules.

— Pour les fabriquer en *poorè*, à partir de la sève du fruit de l'arbre à caoutchouc, il suffisait les dimanches et jours fériés d'aller disputer lesdits fruits pour leur chair blanche sucrée acidulée avec les singes dans la brousse. La bonne excuse auprès des parents était toute trouvée si l'on ramenait du *foyon*, des branchages à recouvrir le sol des cultures maraîchères afin de garder plus longtemps les rosées matinales, les fraîcheurs crépusculaires et nocturnes et réduire ainsi les arrosages par temps secs prolongés.

– Il ne serait peut-être pas inutile de rappeler que le *sirougol poorè ou siro poorè*, l'extraction de la sève de l'arbre à caoutchouc, a été l'un des plus lourds impôts en nature prélevé jadis par l'administration coloniale sur les indigènes et de façon encore plus intensive quand il a fallu soutenir l'effort de guerre en 14 et en 39. Outre la pénibilité de la récolte, goutte à goutte, la grande quantité de kilos exigés, les arbustes étaient des nids de petits serpents au venin foudroyant. Mystérieux donc étaient les moyens par lesquels, nous parvenions, nous, petits garnements à nous prémunir contre leurs morsures alors que, contraints et forcés, nos grands-parents ont payé, eux, un double et très lourd tribut…

– Et comment donc obtenir un ballon avec de la sève ? En remplir tout simplement deux moitiés de petites calebasses ou de noix de coco creuses vite refermées l'une contre l'autre, attendre le séchage et démouler. Bien sûr, il était plus long à fabriquer, coûtait plus cher mais avait au moins l'avantage de durer indéfiniment.

***

— Moi, Pyto Guerda, je vais faire comme le copain d'enfance de Gando : avancer sans masque. Je suis consultant en littérature au Québec après y avoir été taximan pendant plusieurs années. Là-bas, je suis devenu un écrivain à succès moi-même avec mon *Comment vivre sous la neige avec une peau comme la mienne*. Il faudrait savoir peut-être que je suis originaire d'Haïti même si je n'en ai pas trop et peut-être même pas du tout l'air.

M. Gando, je vais vous faire une confidence : je pense être l'une des personnes les plus attachées – et pour cause ! – à votre œuvre et l'une des plus admiratives de votre itinéraire. Une chose me rend circonspect, cependant : c'est la perfection de votre personnalité aux yeux d'un nombre considérable de vos lecteurs. Alors que moi, malgré mon grand triomphe en librairie, je reste un bouffon pour les miens et encore plus pour la critique et j'en suis plutôt flatté. En tout cas, je ne tiens pas à être pris au sérieux pas plus que je n'ai envie de le paraître...

– Vous voulez rire ! À entendre certains de ceux qui viennent de vous précéder et sans doute d'autres qui vont vous suivre, le côté parfait de ma personne...

– Ils ne sont pas les plus représentatifs, vos détracteurs. Sur le Net, vos admirateurs sont de loin les plus nombreux. Vous avez pu vous en rendre compte ou vous allez le pouvoir un peu plus à la suite de ces rencontres. Vous semblez, pour tous, n'avoir jamais succombé à un seul péché. Et, sans vouloir fouiller dans votre intimité, dites-moi : êtes-vous gourmand, par exemple ? Question subsidiaire : pourriez-vous être jaloux de certains de vos confrères que vous estimeriez moins bons que vous et qui auraient une notoriété plus grande que la vôtre ?

— Avouez-le, vous voulez aussi savoir si je bois, si je fume, cours les jupons et/ou les pagnes, si je suis accro à une quelconque drogue ! Pour fumer du… « bon tabac » je ne fume plus depuis une vingtaine d'années. Autre chose que de l'eau, je bois par plaisir et « jamais pendant le service » car, je n'ai besoin d'aucun dopant pour entretenir mon imagination. Sans aide chimique, je suis encore capable d'avoir de l'inspiration pour décrire autant le meilleur que le pire. Quand je ne le serai plus, j'arrêterai purement et simplement l'exercice d'écriture.

Mais, je vous prie de me croire, je suis moins fier de ma personne que peuvent être admiratifs à mon égard certains de mes lecteurs. En plus, vous serez sans doute content d'apprendre que je ne pense pas être plus vertueux que le commun des humains. J'ai même été, j'en suis sûr, le « pervers polymorphe » qu'ont pu être, un tant soit peu, tous les enfants si l'affirmation d'un certain père de la psychanalyse est vraie. L'histoire des règles volées et maquillées que l'on vient de me rappeler, de manière si sympathique, n'en serait-elle pas une preuve éloquente ?

Je ne vais sûrement pas vous raconter tout sur mon enfance, ni tout sur mon adolescence, ni encore moins tout sur mes contacts féminins qui, en l'occurrence, ont fait de moi l'ami de la Cause des Femmes. Ne me faites surtout pas dire qu'il est obligatoire de multiplier les aventures avec elles pour espérer trouver celle avec qui l'on est en parfaite harmonie. Mais, je suis parfaitement conscient, moi, que les premières de mes amies ont eu beaucoup de mérite à dégrossir le rustre pour ne pas dire le macho que j'ai pu être et je leur en suis reconnaissant à vie. Je pense avoir été, plus que par les hommes, façonné et lissé par les femmes qui se sont trouvées sur ma route et qui n'ont pas toutes eu, loin de là, heureusement, des relations d'amour avec moi.

Par ailleurs, même sexa... essaie de continuer Gando en respirant un bon coup.

– ... génaire, termine d'une voix concertée, dirait-on, une partie de l'assistance, à la grande surprise de l'autre, presque aussi importante.

– ... même sexagénaire depuis peu, se reprend Gando, j'ai encore des idées, des intentions, des désirs pas toujours avouables pour quelques-uns d'entre eux. Mais vivre avec les autres ne consiste-t-il pas à savoir trier entre ce que l'on estime pouvoir faire au su et au vu de tous et ce que l'on pense ne pas de…

– Rien de nouveau, là, rien de bien original, M. Gando ! Vous évoquez sans doute l'épineuse question du passage ou non à l'acte et peut-être aussi des rapports entre le moi et le surmoi.

– Si vous voulez. Et chapeau, au passage, pour votre érudition ! J'estime en effet qu'un créateur, même de grand génie, ne peut se soustraire à l'observation d'une certaine éthique. Il ne peut pas se préoccuper d'esthétique de façon exclusive.

– Si les écrivains dits maudits avaient espéré une quelconque bénédiction de la société bourgeoise, bienséante et bien-pensante, ils n'auraient pas produit les œuvres tant admirées de nos jours, M. Gando.

– Oui, bien sûr ! Mais, à ce propos, je ne crois pas non plus qu'ils aient jamais eu, en écrivant, le projet de bousculer des traditions. Je n'imagine pas qu'ils se soient posé comme préalables : quoi faire pour aller à l'encontre des habitudes, quoi imaginer pour bafouer les conventions ?

Souvent compris à retardement, les prodiges en question ont eu l'enfance, la jeunesse, la vie, les handicaps, les dons… qui ont été les leurs… D'avoir justement produit des chefs-d'œuvre grâce à tous ces éléments constitutifs d'un vécu plus souvent subi et, en général pas de tout repos, est leur grand mérite.

Ceci pour dire qu'une impression est dominante de nos jours. C'est celle que la plupart des créateurs se réclamant, au point d'essayer de les imiter, de prédécesseurs aussi prestigieux que scandaleux, pour certains, procèdent de façon plutôt délibérée, assumée, sinon purement et simplement provocatrice.

D'être jaloux des auteurs connaissant un plus grand succès que moi, je ne m'en crois pas une seule seconde capable. Je suis plutôt admiratif qu'envieux, voyez-vous ?... Je redeviens vite et très souvent un lecteur comme tout autre, capable d'écrire à un écrivain parce qu'il m'a ému par son histoire et, plus encore, par son écriture... Il m'arrive quelques rares fois, c'est vrai, de regretter de n'avoir pas été le premier à écrire sur un sujet donné. Je pense entre autres à la tragédie des enfants-soldats en divers endroits du monde en guerre. Mais je me réconforte en pensant que je ne l'aurais pas, de toute façon, traité de la même manière qu'un Amadou Kourouma pour ceux d'Afrique par exemple.

Tenez ! Vous voulez savoir à qui, en ce moment, j'ai envie de révéler mon admiration et non pas du tout ma jalousie ? À l'auteur de ce livre auquel je vais donner pour le camoufler une sorte d'anti-titre comme on construit une antiphrase : *D'où on vient, papa ?* En me doutant bien que vous saurez reconnaître son intitulé exact, célèbre désormais.

Aucun autre livre, et certainement pas un quelconque *Où on va maman ?* qui lui chercherait une vaine querelle, n'aura eu comme lui et à ce point le don de me faire pleurer puis rire et inversement.

***

— Vous n'enviez aucun auteur, vraiment ? questionne une voix de stentor.

Elle est portée par une silhouette qui, à se fier aux apparences, est revenue d'expéditions de toutes sortes à travers le monde. En passant par l'Afrique, de toute évidence, et en y repassant. Et même s'il est vrai que *le séjour prolongé dans le marigot ne transforme pas un tronc d'arbre en crocodile*, il est amusant de remarquer combien ladite voix est logée dans cette sorte d'armoire à glace ayant un air d'Amérique, un peu d'Asie, un soupçon d'Afrique, un brin d'Arabie et un reste d'Europe. Par ses yeux, ses manières, sa stature, son allant, il pourrait passer pour le ressortissant de n'importe quel pays des cinq continents.

Ancienne barbouze du temps de la guerre froide ? Coopérant militaire dans une ambassade de pays stratégique ? Agent de Renseignement ? Instructeur pour polices et gendarmeries étrangères ? Patron d'agence de sécurité pour concessions minières en zones de conflits ? ... Difficile d'exclure de son état l'une ou l'autre situation professionnelle voire de ne pas pencher pour certains profils cumulés dans le temps par l'orateur venant de prendre la parole avec une autorité si affirmée. Pour ne pas dire : entré dans le débat par une violente effraction ! Il préfère, bien sûr, se présenter, lui, comme un retraité de tout sauf des livres. Et, c'est vrai que ses invocations littéraires, variées, sont brillantes et que son jugement est éclairé.

– Vous en détestez, alors, quelques-uns, revient-il à la charge ! Des haines recuites ont bel et bien été révélées entre des écrivains et non des moindres puisqu'il s'agit de monuments de la littérature française pour ne parler que d'eux. Des détestations phénoménales auraient été des moteurs puissants pour certaines grandes plumes au point de faire penser que le génie d'un écrivain s'entretiendrait à la proportion de son aptitude à haïr ses pairs.
– De la même ampleur, des preuves d'amitié entre écrivains, « sans défaillances, sans heurts », comme disait l'auteur d'*Un voyage au Congo*, peuvent être inventoriées de l'Antiquité à nos jours. Laquelle amitié est d'ailleurs considérée par un certain essayiste de l'Académie française comme « le lien social par excellence de la République des lettres ».

À la modeste place qui est la mienne, je ne crois pas du tout la haine capable de prescrire encore moins d'inspirer une quelconque bonne littérature. Je prétends même être inapte, en ce qui me concerne, à éprouver un tel sentiment ou, peut-être, suis-je juste plus prompt à savoir le réprimer en moi.

— Et l'on en revient à la question pour vous incontournable de l'éthique en littérature.

— Il en faut toujours une, je persiste et signe. J'aurais quand même un autre regret, un très grand, confesse Gando comme pour jouer, « tintinnabuler », en touche. Celui de ne pouvoir disposer d'outil d'expression autre que l'écriture. Amateur de voix et de musique mais fâché de façon irréconciliable, vous le savez après m'avoir lu, avec l'exercice de l'une et de l'autre, j'aurais adoré pouvoir, en compensation, pratiquer la sculpture, par exemple.

— La sculpture ? Qu'aurait-elle à voir avec la création littéraire…

— Rien, peut-être ! Ou beaucoup. Pour moi, au moins ! La sculpture m'intéresse en ce qu'elle s'adresse à tous sans médiateur. N'étant pas consignée par écrit, elle n'est pas sujette au confinement. Elle occupe toujours un espace ouvert et elle est de tout temps offerte au regard.

— N'y seriez-vous pas sensible, excusez-moi de le dire de manière si brutale, par atavisme, je veux dire à cause de votre habitude des objets, des masques, des totems, des fétiches, par vos origines ?

— Vous le voyez, vous êtes l'illustration que je n'ai pas seulement des admirateurs. Et c'est mieux comme ça ! Je ne pensais pas si bien dire en répondant à Monsieur... M. Typo, je crois ou à un autre, je n'en suis plus trop sûr.

— C'était plutôt à M Pyto, rectifie quelqu'un qui pourrait être Al Diou Ma Ba ou M. Wali.

— Et vous qui vous y connaissez tant en masques et en grigris, vous êtes M. ? Je parie que vous en savez plus que moi sur eux pour les avoir sans doute plus souvent côtoyés et vous y être mieux intéressé de l'extérieur.

— Je suis un grand admirateur de votre œuvre quoi que vous puissiez penser et grand ami des pays comme le vôtre.

— Qu'est-ce que ça serait si vous ne l'étiez pas ? Mais allez-y ! Allons-y ! Parlons de mes origines ! Descendant « d'artiste premier », je serais pour cette raison — congénitalement ou génétiquement, comment faudrait-il dire ? —, amateur et collectionneur de « babioles » et de « colifichets » ... et faiblement muni pour l'abstraction la plus petite. Hé bien, non ! Je dois m'y connaître moins que vous en totems et tout le toutim. Dites-moi, qui est plus accro aux gadgets et à leurs produits dérivés que l'habitant du monde dit moderne, rationnel, consumériste, numérisé, virtuel ?

– Et voilà que se réveille tout de suite la susceptibilité d'écorché vif de l'Africain, victime expiatoire autoproclamée de l'exploitation occident…

– Et pourquoi pas de l'indigène, pendant que vous y êtes ? Mais, passons ! La seule distinction que j'établis entre le texte mis en livre – j'ai failli dire l'objet… « livré » pour vous faire plaisir – et l'objet sculpté, c'est que ce dernier porte beau ou laid son apparence et même l'intégralité de sa valeur. Beauté et laideur étant toutes relatives, du reste. La différence entre deux livres, il faut aller la chercher dans la lecture de l'un et de l'autre. La chose sculptée ? Elle plaît instantanément ou ne plaît pas. Ce qui, du reste, n'entame en rien sa valeur. Et d'estimer, moi, ne plus jamais pouvoir m'adonner à la sculpture avec l'espoir d'y arriver à peu près bien, dans un laps de temps honorable, me chagrine plus que la pensée que certains auteurs, sous les feux de la rampe, pourraient être moins méritants que moi. Pour ce qui est de savoir si mes origines expliquent mon intérêt pour la chose sculptée ! Quelle importance ? Au moment où je vous parle, j'ai vécu les deux tiers de mon âge hors du pays qui m'a vu naître.

– Toujours pas d'envie ni de haine pour qui que ce soit à ce stade de notre échange ?

— Désolé de vous décevoir, c'est encore et toujours non ! La haine qui serait le lien pour ne pas dire le liant le plus naturel entre écrivains ne me concerne pas.

M'imposer, oui, j'y arriverai. M'imposer ! Enfin, me placer à côté des autres, ceux qui ont assis leur notoriété, peu importe comment. Ou plus exactement à côté de celles et de ceux qui, de préférence, n'ont pas usurpé la leur. Je refuse de *m'opposer pour me poser*, malgré tout le crédit que j'accorde au père existentialiste de cette pensée ! Poser, oui, déposer mon écriture plus exactement à côté de celle des autres, m'adonner à la littérature dans ce qu'elle a d'éthique et d'esthétique, c'est mon ambition et, jamais, je ne cesserai de m'y contraindre !

M'étriper avec des confrères, même selon un certain style, sur des épiphénomènes, tout juste pour amuser la galerie et pour faire vendre des livres mineurs, non ! Continuer d'écrire, oui, par contre. Écrire encore, écrire toujours. Puis tailler et retailler dans les textes. Ciseler, épurer, affiner. Sertir enfin. Pour espérer produire un livre qui n'aurait plus rien à… envier à une sculpture. Oh, mille fois oui !

Mais ne serais-je pas, par hasard, en train de dériver vers un savoir-faire qui, à défaut d'être de la sculpture, ressemblerait plutôt à de la bijouterie, à de l'orfèvrerie ? Et pourquoi pas donc ? Parce que littérature, sculpture et bijouterie, arts très chers à mon cœur, pour une cause facile à déterminer, pourraient bel et bien constituer les thèmes de la deuxième édition de notre Rendez-vous à Dongora. Ne faudrait-il pas, d'ailleurs, lui fixer une périodicité avant notre séparation ? Devrions-nous nous retrouver tous les ans ou tous les deux ans ? ...

***

– Excusez-moi ! Je suis... Moi, je suis Jean-Michel... Jean-Michel Akwa. Vous voudrez bien excuser ma très grande émotion ! Je cherche les meilleurs mots, les... les formules les plus capables de traduire mon état. Me trouver à mon âge parmi des sommités réunies, je n'en crois pas mes yeux ! C'est à peine pensable que tout ceci m'arrive à la suite d'un simple mail envoyé à M. Gando et que je m'en vais vous lire...

« Combien je suis heureux que vous m'ayez répondu ! Vous savez, j'ai la littérature à l'estomac au cœur même et merci pour les sites que vous m'avez indiqués. Je n'arrive pas à croire que moi, Jean-Michel, simple élève de 4ème au Collège dans un pays qui n'est même pas le vôtre, j'ai pu entrer en contact avec un écrivain comme vous. Dieu vous bénisse pour votre simplicité.

Tous à DONGORA !

Je voudrais que vous me parliez un peu de la littérature africaine. Comment écrivez-vous des romans ? Comment font les écrivains pour être si forts à parler français ? Cela me paraît si extraordinaire ! »

– Je n'y ai rien ajouté. Je n'en ai rien soustrait. Je vous l'ai relu tel que je l'ai formulé. Inutile de vous dire, chers grands-parents, parents, sœurs et frères aînés, tous ici rassemblés, que mon séjour à Dongora m'a fait l'effet d'un pèlerinage. Tout ce que j'y ai vu et entendu m'a beaucoup instruit. Alors mes pauvres questions, elles sont à présent devenues caduques.

– J'ai été très touchée par votre lettre, Jean-Michel, avoue Espérance. Quand je l'ai lue *à mon mari*…

[Horreur ! Elle l'aura employée sans hésiter, la formule ! Celle qui l'horripile, pourtant, chaque fois qu'elle l'entend de la bouche d'une certaine épouse people. Je ne l'en croyais pas capable, elle qui n'a jamais entendu non plus susurrer à son oreille en signe de tendresse et a fortiori clamé sur tous les toits à l'occasion d'une présentation quelconque : *ma femme*. Comme quoi !]

– Quand je l'ai lue à Gando, nous avons aussitôt convenu de vous informer de la tenue des Assises de Dongora. Car, découvrir un garçon si féru de littérature au lieu d'être accro de téléchargement de musique et de films sur le Net comme beaucoup de jeunes gens, nous a procuré un immense plaisir. Et quand vous nous avez révélé que vous passeriez par tous les moyens pour arriver à faire le déplacement, nous ne pouvions que vous conseiller les plus honnêtes. Avec la promesse de les prendre en charge dans leur intégralité.

Chers auditeurs, voilà comment Jean-Michel a pu se joindre à nous et sachez qu'il anime un site Internet intéressant sur les vies et les œuvres des auteurs de son choix, africains en majorité. Ce qui ne l'empêche pas de s'intéresser aux écrivains de tous les autres continents. Je vous recommande vivement le www.J-M.Akwa-b.a.-ba.com. Vous l'aimerez. Il est d'une richesse que lui envieraient nombre de sites tenus par des professionnels.

— Et ludique en plus, confirme Gando. Jean-Michel y propose, par exemple, sous la rubrique : *À César ce qui appartient à César*, des séries de citations et des portraits d'auteurs : je veux dire des photos ou des dessins représentant leurs visages. Le jeu consiste à trouver les noms des uns et des autres et à leur rendre leurs pensées respectives.

— Excusez-moi, Monsieur, j'y organise aussi une *Bourse aux livres* sous la rubrique *Lecteurnautes*.

— Ne vous excusez plus, Jean-Michel, invite Jessy,

vous êtes une fois pour toutes excusé !

— Oui, Madame ! Excusez-moi, quand même, je suis tellement heureux et si gêné de le laisser trop paraître !

— *La Bourse aux livres,* explique Espérance, c'est, pour un Internaute, prendre la défense d'une œuvre qui lui a plu pour espérer l'échanger avec une autre qu'un... *lecteurnaute* ou *lectinternaute,* un des deux néologismes créés par des surfeurs sur le www.J-M.Akwa-b.a.-ba.com saura lui faire aimer. Évidemment, dit comme ça très rapidement, ça paraît difficile à réaliser. Mais sur le site, vous avez toutes les explications avec les modalités pratiques d'organisation et notamment le délai de lecture qui doit être le plus court possible.

— Beaucoup de livres arrivent à circuler entre des lecteurs de plus en plus nombreux, poursuit Jean-Michel. Dans deux ou trois ans, – nous verrons, nous en avons le temps – ce sont les *lectinternautes* eux-mêmes qui décerneront *Le prix Akwa-b.a.-ba* du livre le plus échangé. Il n'y aura aucune dotation. Ce sera juste honorifique !

— Impressionnant, il est très impressionnant, le travail de notre « petit-fils, fils et frère cadet », en conclut Gando. Une preuve par l'exemple que le numérique viendra plus souvent au secours des livres, des écrivains et des lecteurs qu'il ne leur nuira.

Quoi qu'en pensent les nostalgiques des technologies du passé !

***

— Manuel Angel de la Piéta Scritta ! Musicien, journaliste, auteur, éditeur de musique au Chili. De Santiago du Chili, la capitale, pour être précis. Né en Espagne, j'ai grandi en Italie, poursuivi des études au Portugal et en France. Au gré des contraintes professionnelles et politiques de mes parents, diplomate en ce qui concerne mon père et professeur s'agissant de ma mère avant d'être exilés tous les deux pendant une période que vous pouvez imaginer. Mes propres pérégrinations par la suite au Venezuela, au Brésil, en Argentine et maintenant au Chili, pays de naissance de mes parents, ont fait le reste.

Une chanson, un poème, l'auto-présentation de *Manouel*, patriarche à la dégaine de beatnik eu égard à sa chevelure, à ses poils et à sa chemise. C'est un grand délice, en effet, que de l'entendre prononcer *mouzicien, jornaliste autor, editor, mouzica, Italia, España, peregrinacion, Venessouela, Brazil, Argentina…* Son français étant aussi impeccable sur le plan des structures que son accent à la fois ou tour à tour *español, italiano, português* est irrésistible !

Décliner son identité lui vaut pour le coup une ovation pendant laquelle il ravit la vedette à Gando et à l'ensemble des protagonistes de la Rencontre. La raison est à chercher à n'en pas douter dans la beauté sonore de son phrasé polyglotte mais sûrement aussi dans son aptitude si impressionnante et enviée de tous, en apparence, à la mobilité trans-frontalière.

– **V**ous ne pouvez savoir combien **je** suis honoré et à quel point **je** suis heureux de me trouver parmi **v**ous, poursuit-il, comme s'il était en train de procéder à un décompte d'yeux et de bœufs, question d'acoustique ! Mais, – parce qu'il y a un mais et même un vrai bémol – **je** tiens à exprimer combien **je** suis effaré que **v**otre littérature se soit laissée formatée par celle de l'Occident européen. La spécificité qui était la **v**ôtre, l'oralité, **v**ous l'avez reniée. Non contents de lire au lieu de continuer à déclamer, **v**ous écrivez maintenant, **v**ous aussi, comme écrivent les Français, les Anglais, les Espagnols, les Portugais, les Arabes, les Asiatiques… Et, c'est dommage, c'est regrettable ! Pire, c'est catastrophique !

– Que voulez-vous dire ? Je ne vois pas trop de qui ni de quoi vous voulez nous parler, interroge Gando.

– De la littérature parlée et chantée qui aurait dû rester la **v**ôtre, enracinée dans Dongora, par exemple, belle Commune qui devrait être **v**otre muse principale en ce qui vous concerne, M. Gando. Mais voilà qu'au nom du sacro-saint *verba volent scripta manent*, toutes les civilisations se sont pliées à la dictature de l'écrit. Alors que la parole, avec les niveaux atteints de nos jours par la technologie, peut être captée dans les meilleures conditions et reproduite *ad vitam aeternam*. Elle ne s'envole plus, la parole humaine !

— Vous êtes en mesure, vous, M. Angel, de dire qu'une « littérature sur parole » est, de façon certaine, plutôt assurée de sa pérennité ? Vous êtes aussi à même de déterminer quelle doit être la littérature des différents ressortissants de la planète ?

— Oui aux deux questions, sans hésitation. Primo : l'avancée technologique performante est pour le moins irréversible. Deusio : je pense que les Contes de la Dongora, ses mythes, ses légendes, ses épopées devraient constituer, en l'occurrence, les ferments de votre imaginaire. Transcrivez-les et quand vous aurez achevé de les répertorier tous, vous n'aurez qu'à commencer à inventer vous-même ceux du Millénaire prochain. Ainsi la littérature africaine demeurera-t-elle le merveilleux Chant Choral, le Grand Poème Général en comparaison avec le Chant de la même dimension, distinctif d'une certaine littérature d'Amérique latine.

— Je suis stupéfié, Monsieur, par vos propos, s'insurge M. le Maire Adjoint de Dongora à la place de Gando, hébété plus qu'à son tour. Votre incitation à ne pas écrire pour garder, confite dans un bocal, l'âme africaine loin d'être le folklore qui en a été fait me rappelle trop d'autres conseils du même genre. Ceux d'Africanistes de la première heure, bien intentionnés comme il se doit, nous recommandant de nous satisfaire des bons services que pouvaient nous rendre la radiodiffusion et la télévision. De ne pas nourrir, en somme, des ambitions coûteuses pour ne pas dire ruineuses de création ou d'entretien d'une presse écrite. Au prétexte que nos pays sont de civilisation orale essentiellement et, de toute façon, à forte majorité d'analphabètes. Quelle insulte à l'avenir et à l'intelligence des ressortissants de tout un continent !

— L'oralité est africaine. Elle est même une vertu et non une tare. Je pense que...

— Pensez ce que vous voulez et je respecte votre opinion ! intervient Espérance. Il reviendra toujours aux créateurs, peu importe leur pays d'origine, de choisir leurs centres d'intérêt. Pour m'en tenir aux strictes limites de la littérature, un Africain est libre d'écrire en mandarin si son inspiration et les aléas de sa vie le disposent à le faire, l'essentiel étant qu'il y réussisse. Au plus fort de la Révolution culturelle chinoise, je crois que le président Mao Zedong, lui-même, n'aurait rien trouvé à redire au nom de l'internationalisme prolétarien. Seuls ses Gardes rouges se seraient arrangés, de toute évidence, pour qu'un tel livre ne porte pas ombrage à son fameux Livre de la même couleur qu'eux.

– Merci de venir à mon secours, encore une fois, ma si précieuse *webmaîtresse*. Tu me donnes fort opportunément l'occasion de citer le Prix Nobel de littérature 2000, le Chinois justement, le Franco-Chinois par naturalisation, plus exactement, Gao Xingjan :

« *Un écrivain qui met résolument l'accent sur une culture nationale est quelque peu suspect (…) Les œuvres littéraires dépassent les frontières (…) elles dépassent aussi les usages sociaux et certaines relations humaines particulières formées par l'histoire et le lieu, mais l'humain qu'elles révèlent en profondeur est universellement communicable à l'humanité entière.* »

– Insupportable, elle est insupportable, il faut le répéter sans cesse, la mise en demeure d'écrire (ou de ne pas écrire dans le cas d'espèce) dans telle langue, sur tel sujet, se révolte à son tour Jessy. Et puis, l'écrivain exotique de service, curiosité baladée de salon en salon pour ressasser des thématiques vieillottes, obscurantistes, sur fonds de croyances archaïques... L'auteur enraciné dans son terroir mais coupé de sa langue d'origine non écrite. En grande délicatesse, donc, avec une langue étrangère dont il n'a pas eu la patience d'étudier les subtilités ou tout simplement l'aptitude. Encouragé et encensé qu'il est à continuer de la sous-utiliser ou d'en user à mauvais escient. L'écrivaillon alibi qui a autant maille à partir avec le progrès qu'à se départir des us et coutumes les plus rétrogrades des siens, je crois devoir vous dire d'aller le chercher ailleurs !

– De toute façon, je n'imagine pas ce jour où, en tant qu'écrivain, je devrai respecter un cahier des charges, tranche Gando une fois pour toutes, espère-t-il.

***

– Amina el Maouia. Je suis arrivée du Caire, moi. Je n'ai pas d'autre prétention qu'aimer beaucoup lire, des livres de tous pays à commencer par ceux de l'Afrique.

Hormis le bonheur d'appartenir au même continent, ce qui m'a donné le désir d'approcher M. Gando, c'est l'impression que, de livre en livre, son affection pour « la gent féminine » s'est affirmée et confirmée.

Agitation dans la salle, rires étouffés, fausses toux, tout aussi faussement réprimées, sourires en coin, raclements de gorge, chuchotements… Des auditeurs auraient vraiment entendu l'oratrice faire en direct une déclaration d'amour, ils ne se seraient pas comportés autrement. Et, pendant la brève « récréation » consécutive, une mauvaise langue bien pendue n'a sûrement pas manqué de faire circuler des supputations malveillantes dans les travées :

« Elles n'ont qu'à bien se tenir, Jessy, Espérance et les autres ! Face à cette nouvelle beauté faite d'intelligence et de force de caractère. Qui dit être une Égyptienne et qui pourrait bien être une Libyenne et, dans les deux cas, provenir du Nord de l'Afrique, en quelque sorte. Mais elle aurait pu être une Djiboutienne, une Soudanaise, une Éthiopienne ou une Somalienne : une Africaine de l'Est, par conséquent. Mais aussi une Peule, donc de l'Ouest, voire une enfant de l'amour jadis interdit entre une Zouloue et un Afrikaner : soit du Sud, enfin. Pour tout dire, elle est une splendide Africaine, quoi ! »

La curieuse alchimie de la transmission de la pensée produisant toujours son effet à une vitesse fulgurante, Amina a, aussi vite que possible, tenté d'éteindre le début d'embrasement de l'imagination d'une partie importante de l'auditoire.

— Pas de méprise, je ne parle que de l'amitié pour les personnalités féminines de la plupart des personnages principaux ou des narrateurs évoluant dans les romans de notre auteur.

Mais, – et pourquoi pas, donc ? – je vais pouvoir m'adresser à vous, directement, Monsieur l'auteur ! Vous n'êtes pas, me semble-t-il, mais je peux me tromper, un des nombreux prédateurs... de femmes, clients patentés de la chronique *people* pour ne pas dire des faits divers, trop vite recyclés en héros littéraires.

— Ça, vous pouvez toujours le croire, ma jeune dame. Je ne serais pas étonné, moi, qu'il existe une femme et un enfant cachés sinon abandonnés dans une autre vie de notre écrivain « féministe ». Une certaine Constance, par exemple, mère d'un Kévin si charmant...

— Ayant lu des prises de position d'un Internaute qui ne jure que par vos ouvrages, j'ai cherché à vous connaître, poursuit Amina sans se laisser démonter par l'instructeur du procès en triolisme aggravé.

Par des enchères très profitables sur la Toile, je le reconnais, j'ai pu acquérir la totalité de vos livres. Je dis bien l'ensemble de vos ouvrages à ce jour publiés. Ils ont été pour moi des bonheurs de lecture incomparables et je vous en sais gré. Car je réussis, en ce qui me concerne, à faire la part entre la fiction et la réalité et à dénicher le fantasme dans les deux situations. La petite prose sur votre site : « *Chaque fois que j'ouvre un de vos livres…* », c'est… c'est moi qui l'ai postée. Est-ce que vous en avez le souvenir ?

— Bien sûr, vous en voulez une preuve ?

« Chaque fois que je referme un de vos livres,
J'ai la chair de poule et l'air complètement ivre.
Irrésistible comme une caresse, elle m'effleure.
Elle n'est déclenchée ni par le froid ni par la peur »,
etc.

Je crois même vous avoir écrit à l'époque pour vous dire combien j'avais été touché par votre poème car il s'agit d'un vrai et très beau poème !

— Depuis, je ne me suis jamais autant sentie liée aux Africains subsahariens.

— Elles n'ont qu'à bien se tenir, je vous le dis ! invite une grosse voix dans l'assistance.

— Et maintenant que je vous vois de si près, continue Amina, imperturbable, non seulement vous mais aussi et surtout M. Waliou, le Maire adjoint de la Commune, M. Al Diou Ma Ba, mais enfin tous les garçons et les hommes, toutes les filles et les femmes d'ici, je constate que rien ne nous distingue. Je réalise encore mieux combien l'Egypte, « don du Nil », est de fait la matrice de l'Afrique, elle-même, en retour, berceau de l'Egypte et de l'Humanité.

— Ce n'est pas simple mais pourquoi ne pas rendre compte de la réalité complexe du monde, comme vous venez de le faire si bien ? Que mon travail réussisse parfois à jouer le rôle de passerelle entre plusieurs personnes, j'en suis heureux. Je le serais davantage si j'étais sûr qu'il aidait à préparer l'avènement de l'humanité globalisée que j'appelle de tous mes vœux. En lieu et place de cette économie que l'on s'est plus vite préoccupé de mondialiser. Imaginez ! Enfin, construite, une communauté au sein de laquelle les brassages auront tellement opéré qu'il ne viendra plus à l'esprit de quiconque de revendiquer une fallacieuse pureté de ses origines ! En commençant, vous avez parlé d'absence de prétention de votre part. Je n'ai jamais prétendu, moi non plus, écrire juste pour me faire plaisir. Alors, quand elle peut servir, mon écriture...

— Vous me permettrez, M. Gando, d'exprimer quand même une objection à propos d'une affirmation relevée dans un de vos livres. Ou ceux de vos complices. De votre *alter ego*, par exemple, alias celui qui porte ce prénom et ce titre de chef musulman, éléments qui n'ont pas peu aiguisé mon intérêt. En tant que fille, sœur, future femme, mère et peut-être grand-mère, un jour, dans un pays comme le mien où certains… « Frères », justement, sont omnipotents. Vous dites :

« *Moins un pays est développé, plus les fardeaux de toutes sortes sont lourds sur la tête des femmes.* »

– Dans quel livre l'avez-vous trouvée ?
– *Douze pour une **crou**pe.*
– Vous êtes sûre de l'exactitude du titre ?
– Oui, pourquoi ? C'est bien *Douze pour une **crou**pe*, votre premier ouvrage !
– *Douze pour une **cou**pe* !

Hilarité vite contagieuse, à la grande surprise d'Amina qui, sans s'offusquer le moins du monde, s'aperçoit un peu tard de l'impair qu'elle vient de commettre, digne des grivoiseries de l'écrivain à l'humour si grand, décédé il y a seize ans, hélas ! Il aimait tant ce dernier, grand copain de Gando, chahuter son titre en ajoutant *r* à coupe pour pouvoir suggérer, dans des éclats de rire caractéristiques, que son premier roman est bel et bien pornographique.

– J'ose espérer, poursuit la sublime Égyptienne que les femmes ne devront pas attendre que se développent leurs pays respectifs pour se libérer de tous leurs fardeaux, même des plus légers.

— Bien évidemment, Madame.

— Mademoiselle !

— Ne pensez surtout pas, Mademoiselle, que je partage les prises de position de chacun de mes personnages. Ils sont, les uns et les autres, l'expression de la diversité des gens et tout à fait libres d'évoluer dans mes romans comme dans la vie courante. Avec certains, les féministes en la circonstance, j'ai des atomes crochus. Avec d'autres, les machos, certainement pas !

— J'ai lu par ailleurs que vous souhaitiez l'émasculation des hommes politiques et que vous invitiez les journalistes de je ne sais plus quel pays africain à enquêter sous les *burqas* nouvellement remarquées dans les rues pour savoir quelles femmes s'y cachaient et pourquoi...

— L'expression, d'abord ! Elle est « fleurie », je le reconnais. Mais c'est juste pour exprimer un souhait de féminisation des responsables politiques. Comment aurais-je pu m'empêcher d'ironiser sur les fameux doubles attributs organiques des hommes ? Commençant par « c », leur grosseur et leur dureté, plus mythiques que réelles, en général, sont toujours mises en avant par eux pour exprimer une prétendue capacité voire une légitimité à accaparer tout ce qui relève de la puissance.

— Vous parliez, en effet, d'une « émasculation »

salutaire du pouvoir par un dosage raisonnable du taux de testostérone chez ceux qui l'exercent. Son excès, toute comparaison faite, affirmiez-vous, est plus dévastateur en politique que dans le cyclisme. Et l'enquête sous les *burqas* ?

– Volontairement provocatrice est cette invitation elle-même. C'était en 2004, je crois, à Kaloum sur le littoral ouest-africain. J'ai été surpris d'y constater une recrudescence de silhouettes obscures passant pour être féminines dont on pouvait à peine deviner la place des yeux. Le phénomène m'a paru révoltant. Dans cette presqu'île chaleureuse où les poitrines dénudées des jeunes filles et des jeunes femmes sur les scènes de maints spectacles ou dans les quartiers au cours des danses festives et a fortiori sur les plages n'ont jamais perturbé personne. Les différentes croyances religieuses ayant toujours été pratiquées sans fanatisme aucun, dans une cohabitation parfaite et sans intrusion dans la sphère publique ni encore moins dans la vie des individus.

Voilà ! Tout a été dit sans détours et l'assentiment de l'auditoire me réconforte. Il n'a pas exprimé son hostilité. Il consent donc, n'est-ce pas ? Je ne suis pas mécontent que ce soit plutôt vous qui ayez focalisé un peu l'attention sur la question. Car, mon « féminisme » a parfois été taxé de mollesse, de sexisme voire de racisme par certains Internautes et pas seulement masculins, pour tout vous dire. Aux yeux de beaucoup, « la paix des sexes » ne passe que par l'observation scrupuleuse des traditions séculaires et même par l'adoption de plus rétrogrades encore, venues d'ailleurs.

***

– Dramaturge et metteur en scène, je suis Enzo Kyo de Kobe au Japon. Je pense comme mon prédécesseur du Chili que la littérature africaine a accepté de se diluer dans le maelström pseudo-universel que lui a fourgué l'Occident européen. Ce dernier y a été encouragé, aidé, favorisé par Léopold Sédar Senghor qui, tout président de son pays qu'il était, ne guignait pas moins la place obtenue finalement à l'Académie française. Vous l'avez compris : je ne partage pas, alors là, pas une seule référence hagiographique à notre « immense » poète franco-sénégalais.

Elle n'a que trop tardé la croissance africaine et, jamais – je dis bien jamais ! – elle ne se réalisera sous une tutelle européenne exclusive. Au contraire, l'imaginaire des Africains me semble très proche de celui des Japonais qui, dans l'industrie et la technologie, ont ouvert une voie exemplaire.

Ce cheminement original, s'il est pris un tant soit peu par l'Afrique, pourrait à n'en pas douter aider enfin à déclencher son expansion. À condition, bien sûr, qu'elle ne lâche rien, l'Afrique nouvelle. Qu'elle prenne tout à l'ingénierie d'où qu'elle provienne. Sans renier la moindre parcelle de son génie spécifique et encore moins de son âme ! Si, par exemple, elle ne succombe pas à l'individualisme qui gagne le Japon, en ce moment, elle pourra s'en tirer encore mieux que lui.

Tout n'est donc pas hors d'atteinte de façon irrémédiable. Il serait juste temps, grand temps, pour les écrivains africains – j'en reviens à eux et à vous, par la même occasion – de se ressaisir, les premiers. Et, il leur sera plus facile, après, d'inviter à les suivre les autres acteurs des enjeux actuels et futurs. Du reste, je suis rassuré par cette citation de Yasunari Kawabata :

« *Il n'y a pas de limites aux histoires qui racontent la crise du genre humain.* »

J'ai été heureux de la découvrir en exergue d'un de vos livres, une œuvre traitant, qui plus est, de l'histoire et du sort d'un archipel. Tant l'on y perçoit en creux comment pourrait se reconstruire le continent, de votre point de vue, intéressant, à mon avis.

– Vous savez, l'on a raillé à tort l'Afrique qui aurait *les pieds dans le néolithique et la tête dans le technologique*, rappelle Gando. De nos jours, on dirait d'ailleurs : *la tête dans l'informatique*. En vérité, sa place est, pour cette raison-même, privilégiée. Elle n'a pas à réinventer la poudre mais à lui trouver des applications novatrices. Elle n'a pas à repartir de zéro. Et, de toute façon, ses femmes et ses hommes n'accepteront plus pour longtemps de demeurer ces réserves d'humains premiers, de littérateurs premiers, de philosophes premiers pour ne pas dire primitifs ni de transformer leurs pays en laboratoires de curiosités. Rôles que certains voudraient les voir continuer de jouer pour conserver, soi-disant, les grands équilibres sociologiques, économiques et écologiques de la Terre. La preuve : un de ses brillants ressortissants participe à un niveau de technicité élevé à l'exploration scientifique américaine de la planète Mars.

« Le péril jaune » tant redouté, il y a quelques décennies, a bien fini, lui, par être écarté pour toujours, « dévoré » qu'il a été par les redoutables « Dragons » de l'Asie. Ce sont désormais des pays à forte valeur économique qui émergent partout dans la région, considérée naguère comme une immense terre de désespérance.

Alors, je ne doute pas que les puissants tourbillons d'un développement enfin amorcé, sans doute à la sortie de la crise mondiale de la première décennie du Troisième Millénaire, vont pouvoir, de toute évidence, rompre les fameuses « spirales infernales africaines » en une ou deux générations. En cette seule fatalité, je crois !...

– Ainsi soit-il pour l'Afrique, M. Gando. Mais en ce qui concerne... la « gent féminine », je m'en voudrais de ne pas évoquer devant vous ce qui relève, d'après moi, du plus grand angélisme de votre part. Je ne comprends d'ailleurs pas qu'aucune des éminentes personnalités féminines, ici présentes, n'ait encore tenté de réfréner vos ardeurs sex... sexistes, féministes disons. Ou plutôt si ! Vous savez les flatter mieux que quiconque. Ces théories sur la femme qui serait l'avenir de l'homme et le salut de la Planète entière pour ne pas dire de tout l'Univers ! ... Elle est quand même folklorique, l'idée que tout irait pour le mieux dans le meilleur des mondes si, et seulement si, des femmes étaient partout aux affaires.

– Mon intention, mon idée n'est sûrement pas, comme vous semblez le penser, de recommander le remplacement des hommes par des femmes à tous les postes de commandement et de décision. Ni de féminiser le moindre emploi de façon mécanique. J'ai seulement choisi de rejoindre le camp des hommes, de plus en plus nombreux, qui suggèrent par réalisme que l'on ne se passe pas plus longtemps de la clairvoyance, du savoir, du savoir-faire, – allez, je n'ai peur de dire le mot ! – de la sensibilité de la moitié de l'humanité si ce ne sont pas des deux tiers.

À propos des femmes qui n'auraient rien à envier aux pires spécimens de la « gent masculine », je ne me fais aucune illusion. Elles existent. J'en ai même croisé quelques-unes et en ai vu plusieurs autres à l'épreuve.

C'était, pour l'une d'entre elles, un soir d'été en 1995 dans un village haut perché de l'arrière-pays de la Ville du Citron sur les bords français de la Mer Méditerranée. Il y avait un concert à l'église.

[Étonnant ! Ce passage « s'écrit » le 21 juin 2009, jour de la Fête de la Musique un peu partout dans le monde depuis un certain temps, la vingt-septième édition en France. Quelle résonance ! Mais, des résonances, les lecteurs attentifs – la plupart le sont, il n'y a pas de doute ! – ne manqueront pas d'en trouver beaucoup à d'autres moments sur divers plans. Jouer à les reconnaître pourrait être intéressant !]

Et, comme il n'avait pas commencé, le concert, c'est sur le parvis exigu séparant l'église d'un bar restaurant en face qu'habitués de comptoir et mélomanes d'autel, plutôt occasionnels, ont été pris dans une mêlée pendant quelques minutes mais bien assez longues pour que je vive une scène mémorable.

Depuis, je revois toujours arrivant pour le concert une famille : le père blanc, la mère noire, le garçon « métis ».

Je revois encore cet autre couple blanc à l'enfant tenant en laisse un chien. Elle était de passage seulement, cette autre famille. En tout cas, elle n'avait pas l'air de vouloir boire, manger ou écouter de la musique.

Je revois enfin cette belle femme blanche, épanouie et rayonnante aux bras de deux chevaliers servants bodybuildés. Elle avait le bronzage intégral. On pouvait le parier sans risque de perdre comme elle cachait peu de sa plantureuse anatomie. C'est elle qui a ouvert la bouche non pas pour dire si elle avait déjà pris l'apéro ou si elle allait le prendre ou encore si elle allait écouter de la musique mais :

– Il est de quelle race votre chien ?

– ...

– Il est café au lait, votre petit chien ? insiste-t-elle en réalisant que ni l'enfant ni ses parents ne s'empressaient pour lui répondre.

– ...

– Ah ! je sais : il est kiwi, votre petit toutou ! juget-elle, imbue de sa science infuse et d'une voix... – horrible ! – mais alors, que personne n'imaginerait logée dans le corps si harmonieux qu'elle avait.

– ...

– Heureusement qu'avec les humains, on ne peut pas faire comme avec les chiens, tous les croisements qu'on veut, décide-t-elle.

– ...

En fixant effrontément le Blanc, la Noire et le « Métis », elle a soudain explosé d'un rire gras tonitruant dont je ne me souviens pas avoir nulle part ailleurs entendu l'équivalent. Qui était-elle ? D'où venait-elle ? Quel était son milieu familial ? Quand avait-elle vu le jour ? Pourquoi a-t-elle tenu à rendre publique la vacuité de sa réflexion ? Longtemps, je me suis posé des questions sur ces thèmes sans y trouver un début de réponse. Le mystère reste encore grand pour moi. Il est de l'ordre de celui qui, dans l'une des fictions épiques caractéristiques de Victor Hugo, a hébergé dans le corps à ce point difforme de Quasimodo la plus grande des générosités.

Le concert auquel n'ont certainement pas eu envie d'assister cette ennemie avouée du brassage humain et ses gardes du corps a révélé, entre autres, un grand virtuose du violoncelle. À peine surprenant : les parents, les grands-parents du jeune homme, musiciens voyageurs à travers le monde par contrainte dans le passé et par convenance personnelle, à présent, ont travaillé avec Rostropovitch, nous a-t-on appris au cours de sa présentation.

En quittant l'église, j'avais encore dans les oreilles, tels des acouphènes, les airs de Bach joués au violoncelle par ledit Grand Maître à la Chute du Mur de Berlin en novembre 1989, des sons, on ne peut plus, métaphoriques des légendaires « Trompettes de Jéricho ». J'ai même imaginé pouvoir faire réinviter dans ce village d'altitude le fantastique violoncelle de ce soir d'été. Pour qu'il y soit mis, cette fois, entre les mains de l'enfant « métis » devenu grand. N'ayant pas pu m'empêcher de penser, en effet, que s'il avait été de la soirée avec ses parents, c'était parce qu'il devait apprendre à en jouer à l'époque. Et j'en aurais fait l'instrument à abattre les murs locaux. Ceux, peut-être pas, d'une quelconque inhumanité mais les murs aveugles de l'ignorance assumée, revendiquée, de la vanité, de la prétention, de la méchanceté, de la grossièreté, de la vulgarité. Mais, même si j'en avais eu une grande envie, sur le moment, je n'aurais pas trop su dire qu'elles étaient plus redoutables parce que réfugiées de façon si confortable dans le corps d'une belle femme.

Pourrais-je jamais oublier cette autre dame entendue à la télévision :

Tous à DONGORA !

— Pas de détail face à ces gens-là, il faut y aller au lance-flammes pour leur parler !

Avec ses velléités « incendiaires », elle protestait avec beaucoup d'autres femmes et hommes de son voisinage contre l'invasion d'Algériens. Vingt-six au total dont « *une figure des plus populaires de l'Islam de France, le premier à prêcher en arabe et en français, un fils putatif de l'Occident pour s'être frotté à Marx, Freud et Nietzsche, pour aimer Molière, admirer Voltaire et Rousseau* », avait-on toujours dit de lui.

Interné du 5 au 31 août 1994 dans une caserne désaffectée de Folembray dans l'Aisne, village de 1500 habitants, il a été ensuite assigné à résidence dans sa Mosquée du 19ème Arrondissement de Paris. Sa cause ayant été plaidée par un Comité de soutien prestigieux du fait de sa culpabilité improbable.

Parmi les autres assignés, vingt ont été expulsés vers… Ouagadougou au Burkina Faso ! Sur la foi de notes blanches des Renseignements Généraux, ils étaient soupçonnés d'appartenir à des réseaux de soutien au Front Islamique du Salut, le FIS, qui avait assassiné cinq Français à Alger le 3 août.

[Folembray s'était, depuis, rendu célèbre plutôt dans le sens positif en créant en 1995 un Centre

de Perfectionnement et de Sécurité Routière à côté d'un Circuit pour voitures sportives, œuvre ayant moins de grâce à mes yeux, je l'avoue.

Mais l'achèvement en direct d'un cerf chez un particulier par un sinistre équipage de chasseurs à courre, le fameux Rallye Nomade, a suscité en décembre 2008 une forte émotion et même choqué la France entière.

Pourtant, le 14 mars 2009, ils auraient réédité leur équipée si des militants protecteurs des animaux, inspirés par les actions de ceux du *Hunt Sabotage* par qui a été aboli ce type de chasse en Angleterre, ne s'étaient pas entreposés.]

Tout aussi prosaïquement, je pourrais énumérer le nombre de fois où, ne serait-ce que dans la circulation automobile, comme de juste, j'ai eu plus souvent des accrochages avec des conductrices qu'avec des conducteurs. Des femmes téléphonant, fumant, ne mettant jamais leurs clignotants dont l'une m'a gratifié un jour d'un violent « connard » avant de me refuser un *Céder le passage*.

S'agissant des femmes, « raides comme des saillies » – expression que j'emprunte volontiers au célèbre poète et chanteur belge – pour prouver qu'elles sont dotées d'attributs du pouvoir, aussi masculins sinon plus que ceux des plus grands mâles dominants, je leur ai dit sur tous les toits ma détestation. Alors, mon angélisme féministe ! ...

Il n'empêche, féminiser le plus possible toutes les... chasses gardées masculines demeure un impératif catégorique. Pour espérer, dans tous les domaines, voir se profiler une autre donne à une échéance raisonnable ! La proportion d'hommes, dans le monde, ayant dicté les choix qui ont conduit aux impasses actuelles étant si énorme, je ne peux que faire mienne l'affirmation en décembre 1949 d'une des mères de la Constitution allemande, Hélène Weber :

« *Un état dominé uniquement par des hommes est la ruine des Peuples.* »

***

– Habitants de la Commune de Dongora et leurs hôtes, lecteurs réels et potentiels, je vous souhaite encore plus nombreux les prochaines années. Mais, après avoir entendu tous ceux qui m'ont précédé et, parmi eux, mon très cher Gando dont vous venez de mesurer l'ampleur de la pensée et la force des convictions, je ne doute pas que nous le serons. Je veux dire : encore plus nombreux lors des futures éditions.

Moi, je suis M. Lejus-Alcan. À la retraite, hélas… Non, j'exagère un peu et même beaucoup. Vous allez vite savoir pourquoi. Je suis donc à la retraite – pas hélas, du tout ! – depuis un septennat. Après avoir tenu pendant cinquante ans la librairie *L'Avant-Garde* à Massiny, quartier central d'une ville du Haut Pays Bernolais. J'ai voulu et pu être parmi vous parce que je conserve intact le souvenir émerveillé des voix de la Grande Chorale Internationale au sein de laquelle la mienne et celle de Anne, ma compagne, n'ont été que des appoints très modestes. Alors que celles de Jessy et d'Espérance…

Je ne cache pas non plus que j'ai de la famille par alliance dans un des pays au nord du vôtre, pas trop loin d'ici. À quelques heures seulement par véhicule tout-terrain. J'y ferai une petite incursion avec plaisir après mon séjour dans la si belle et si accueillante Commune de Dongora.

Soudain, je vous sens, je vois même la plupart d'entre vous perplexes. Et, combien je vous comprends ! Bien sûr, j'ai répondu présent en raison surtout de ma grande complicité avec Gando et pour ma passion pour ses livres, son écriture, sa pensée. Mais, comme M. Waliou, j'aime bien, moi aussi, garder toujours le meilleur pour la fin.

Plus opportuniste qu'un vieux libraire, sachez-le, il n'y en a peut-être pas beaucoup dans l'assistance !

Car d'une pierre, je vais pouvoir, comme vous voyez, faire plusieurs coups. Autre paradoxe de libraire à la retraite : je ne vous parlerai pas de Gando et de ses livres. Les très nombreux amateurs de lecture ici rassemblés ont su le faire mieux que je ne l'aurais pu, même dégagé maintenant de toute préoccupation commerciale. En contrepartie, j'ai apporté pour la bibliothèque naissante des originaux de coupures de presse des journaux spécialisés ayant couvert à *L'Avant-Garde* les séances de dédicaces, de lectures et de rencontres avec notre écrivain. Ce sont des extraits de périodiques comme il ne s'en édite plus, à tirage très limité. Et c'est bien pour cela qu'ils sont les garants de la qualité certaine de l'œuvre de votre compatriote parmi celles d'auteurs de valeur équivalente que j'ai eu l'honneur et le plaisir d'y recevoir. Ces archives, vous aurez tout le temps, je l'espère, de les consulter sur place. Ce sera notre petit apport.

Sur ce, je vais quand même vous parler de *L'Avant-Garde*. Plus qu'une affaire de commerce, c'était une aventure autour de l'idée du « partage » des livres. Une entreprise passionnante et exaltante commencée deux ans après la fin des années sombres, consécutives à la Deuxième Guerre Mondiale et à l'Occupation de la France. Soit un an, ai-je cru comprendre, avant la naissance de Gando lui-même, autour de qui nous sommes aujourd'hui réunis.

C'était la première des années éblouissantes de la Libération. Avec Anne, nous nous sommes trouvés associés à la création d'un autre style de librairie. Des lecteurs avides de connaissances et de savoir se sont regroupés autour de nous. Nous avons découvert et fait connaître les nouveaux écrivains européens : des Allemands, des Italiens, des Espagnols, des Anglais... Et puis toute cette littérature américaine ! Enfin, ces jeunes auteurs africains, asiatiques et arabes, porte-parole des aspirations d'indépendance, de liberté et de bonheur de leurs compatriotes, pas plus résignés ni plus défaitistes que ne l'étaient certains de leurs homologues européens et américains ! Nos choix littéraires, nous avons assuré leur promotion par tous les moyens : informations, expositions, rencontres ! Des rencontres, parlons-en, comme nous y sommes en plein ! Combien en avons-nous organisées d'émouvantes, de merveilleuses, de prestigieuses, de mémorables et d'enrichissantes ! ... Notre librairie est vite devenue l'aire idéale de retrouvailles entre des auteurs et des lecteurs.

Et puis, plus de cinquante ans après, la librairie a changé du tout au tout, le libraire aussi. Bien évidemment, l'éditeur avant les deux. Quel sort ont connu les artisans éditeurs découvreurs de talents ? Morts, ils ont été enterrés. Et les librairies conviviales, confraternelles et amicalement conseillères ?

Caduques. En leurs lieux et places se sont installées des surfaces de vente. Quid des critiques littéraires, passionnés pour des œuvres et des auteurs peu ou mal connus ? Ringardisés eux aussi. Ont pris leur place des camelots promoteurs de gros tirages parce qu'ils savent brandir devant une caméra pour le petit écran devenu grand et plat de nos jours ou encore écran plasma, les... bouquins à acheter comme des marchandises quelconques.

À propos de ces derniers – je veux parler des livres, moi, et non des b..., comme ils disent – la vue d'un certain académicien français, ne détestant d'ailleurs pas du tout la télévision, en train de présenter une collection créée avec le concours d'un quotidien apprendrait aux animateurs à mieux les tenir !

Quand l'exemplaire est dans un coffret, il le sort avec soin, lui tapote le dos, lui caresse la tranche, l'ouvre en éventail, en lit des extraits repérés grâce à des marque-page plus souvent en tissu qu'en papier, le referme, le caresse de bas en haut et de haut en bas, le remet dans son coffret, la tranche la première, dépose le précieux bien sur ses genoux et le retient des deux paumes des mains, parle encore de son contenu en citant de mémoire parfois des passages entiers dévoilant par la même occasion la qualité de son écriture... Le regarder procéder plusieurs fois de la même façon procure un bonheur lié à cette impression de concordance et d'harmonie entre la finesse, l'intelligence de l'académicien et la teneur du livre. Comme quoi ne sait tant évoquer un bon livre que celui qui l'a vraiment lu. Et quand il sait, de surcroît, en écrire lui-même de très beaux, c'est merveilleux… !

Que l'on se rassure cependant, le libraire dans l'âme que je continuerai d'être n'invite pas du tout au culte du livre mais à la passion des livres et, plus que tout, à celle de leur lecture. D'ailleurs, sur la question, je partage la prise de position de l'ami Gando révélée sur le site portant son nom :

« *Le livre devrait être toujours « encyclopédique » et plutôt laïc. [Pas question donc] de le « sacraliser » (…) L'herméneutique et l'exégèse permettent, heureusement, des lectures apaisées [même des livres religieux et, de ce fait, elles aident à se prémunir contre] l'intégrisme et le fondamentalisme, trop courants de nos jours, hélas !* »

– Excusez-moi, je me suis éloigné un petit peu de *L'Avant-Garde* mais je tenais beaucoup à exprimer ce sentiment que j'ai été heureux de partager pendant si longtemps avec un grand nombre de lecteurs et d'écrivains et que je voudrais transmettre.

Alors, revenons-en maintenant à notre *Avant-Garde* ! Cinquante après, disais-je, par un curieux paradoxe, elle n'a pas souhaité changer, notre librairie. J'en parle, voyez-vous, comme d'une personne. Elle a résisté. Elle n'a pas voulu s'adapter, l'a-t-on accusée. En vérité, elle a eu horreur de devenir un banal relais, un simple rouage d'entreprises commerciales d'édition visant le profit à très court terme. La suite, vous la connaissez.

Notre âge, celui de la librairie, la métamorphose de la profession. L'invasion – tels les courriers électroniques de nos jours par les *spams*, ces *pourriels* horribles – l'invasion des livres, donc, par les frasques de célébrités, les secrets de famille plus ou moins honteux et les potins mondains. Comme si les papiers glacés des magazines ne pouvaient plus en avoir l'exclusivité. Tous ces facteurs combinés ont eu raison de notre enthousiasme et de notre ténacité. De guerre lasse, nous avons fait valoir nos droits à la retraite. Notre local, racheté très avantageusement pour nous sur le plan financier, a été transformé aussitôt en un restaurant *fast-food* malgré notre proposition d'aide aux jeunes repreneurs... S'ils acceptaient, nous leur avons dit, d'ouvrir même une simple... – Excusez mon trop bruyant soupir ! – une simple surface de vente de livres quitte à proposer, avec, des produits liés au numérique triomphant.

— *Les temps ont changé, M. et Mme… les libraires, ont rétorqué les acquéreurs de* L'Avant-Garde. *On peut se passer de lire même pour pas trop cher des œuvres de qualité. Mais certainement pas du tout de manger à des frais, un peu plus conséquents, de la nourriture que les gens de votre génération jugent à tort médiocre. Alors, il n'y a pas photo. En toute connaissance de cause, le choix de notre commerce est fait !*

— Très grande a été notre peine, confirme Mme Lejus-Alcan, presque autant émue qu'elle a dû l'être à l'époque de la transaction. Mais que pouvions-nous y faire ? Notre temps libre, nous l'occupons maintenant à lire quand ce n'est pas à relire les nombreux livres mis de côté pour nos vieux jours. Nous ne sommes pas moins attentifs à certaines belles écritures naissantes. Surtout, nous voyageons beaucoup. Nous avons ainsi pu nous joindre à vous. Et nous n'aurons jamais assez remercié tous ceux qui nous en ont offert l'opportunité à commencer par Espérance, Jessy, Gando et M. Waliou.

— La modestie des Lejus-Alcan ! Et ça me fait tout drôle de les appeler par un double patronyme dont je n'ai jamais su, dans leur cas, lequel était celui de l'époux ou de l'épouse ! Moi, Gando, je n'aurai de tout temps côtoyé que Jean et Anne ou Anne et Jean. Leur modestie, disais-je, les empêchera toujours de révéler combien leur amitié m'a été précieuse et à quel point elle l'a été pour de nombreux écrivains parmi ceux qui n'ont pas eu la faveur des médias. Ni moi ni eux ne saurons leur être reconnaissants tel qu'ils le mériteraient. J'ai dit modestie pour parler d'un de leurs traits de caractère, il faudrait comprendre dans la langue moyenne-montagnarde de Dongora : *kobhè âden, ce sont des humains.*

— Dire en effet, chez nous, d'un être féminin ou masculin qu'*il est un humain*, ce n'est pas du tout le penser dans le sens si galvaudé par les temps qui courent, confirme M. Waliou. C'est autre chose et mille fois mieux que de le qualifier par exemple de généreux, magnanime, bon, juste…

— Nos amis libraires ont eu, il faut le savoir ou se le rappeler, une part considérable dans la décision de fixer ce rendez-vous, tient à préciser Gando. Et vous pouvez en être sûrs, ils ne seront jamais à court d'idées pour maintenir leur aide à l'épanouissement culturel de la Commune. J'en suis d'autant plus persuadé qu'ils ne m'ont… rien révélé de toutes leurs autres intentions. Et, pour paraphraser les enfants, non sans porter un peu atteinte à l'innocence de leurs paroles : *c'est celui qui dit [l'être] qui [ne] l'est [pas du tout]*. Explication pour les adultes : quand on est vraiment engagé pour une cause, on ne le clame pas sur tous les toits. On le prouve tout le temps.

— Mesdames et Messieurs, chers amis des livres, de l'écriture et de la lecture, grâce à votre contribution, la première journée a rempli – ô combien ! – son office. Toutes ses promesses ont été tenues. Soyez-en, individuellement et collectivement, remerciés !

Puisse la petite Hirdé *de ce soir être pour tous une grande distraction, c'est-à-dire une veillée avec de la musique moyenne-montagnarde d'ambiance, le temps d'un repas un peu plus consistant que le casse-croûte d'accueil ! Du reste, il nous faudra… veiller à ne pas prolonger tard la soirée pour être d'attaque assez tôt demain.*

La deuxième journée sera un peu plus chargée si je me fie à tout ce qui est prévu. Mais, vous allez voir, tout se déroulera avec encore plus de convivialité puisque nous serons installés hors les murs. Je ne vous en dirai pas plus, à part que ce sera probablement une très belle fête culturelle.

Après-demain, dans cette même Rotonde, nous procéderons à la clôture des cérémonies. Les meilleures choses, elles-mêmes, ayant toujours une fin, hélas !

Ainsi est annoncée la suite du programme par M. Waliou lui-même, on s'en doute.

Autant de culture que d'eau !

— Pour un coup d'essai, la rencontre du second jour laisse augurer un coup de maître. En tout cas, elle porte à merveille le nom suggéré dès le départ par la dynamique *class-action* : un *Pique-nique littéraire* dont il y a tout lieu de penser qu'il sera instructif. À la suite d'un *apérEau-livres* qui, lui-même, aura été réjouissant, il faut l'espérer.

Imaginer de toute façon qu'il existerait quelque part dans le monde un environnement plus agréable pour parler de littérature ! Je ne demande qu'à pouvoir le faire. En attendant, comment ne pas trouver, à mon tour, dans le choix des berges magnifiques de la *Fétôrè* Dongora ou la Roche de Dongora une preuve supplémentaire du bon flair de M. Waliou Ba ? Il aura encore, le premier, compris le parti à tirer du charme des lieux. La grande envie qui me démange, à présent, c'est celle de lui suggérer ainsi qu'à l'ensemble des élus de la Commune de réserver le si bel espace à l'organisation exclusive de rassemblements culturels d'égale importance.

Sur un plan plus général, je recommanderais de faire entreprendre des repérages en vue du recensement des possibilités de balades thématiques, de pratiques sportives et culturelles liées à l'eau, à la végétation et à la montagne. De la randonnée ordinaire à la course d'orientation en passant par le parcours de santé, sportif, botanique et géologique. Itinéraires de loisirs et de découvertes qui entreront dans le sommaire d'un Guide Vert dont il restera à commander l'écriture et la publication. Je pourrais y contribuer moi-même.

Pour l'entretien des berges, parce qu'il faudra de manière impérative les préserver, ils devront faire appel à des bénévoles. Se relevant à une cadence régulière afin d'associer le maximum de personnes, ces derniers viendront en appui à des brigades rémunérées parce que spécialement formées, elles, et affectées à la gestion de l'environnement. Ainsi au propre comme au figuré couleront bientôt ensemble et pour toujours à Dongora, j'en suis convaincu, autant de torrents d'eau que de ruisseaux de culture !

Ma connaissance, même approximative de la langue moyenne-montagnarde, me permet de faire remarquer que Didi signifie aussi : étang. Alors,

Autant de culture que d'eau !

je verrais avec plaisir la plus grande et la plus belle anse à proximité de la *Fétôrè* Dongora rebaptisée Didi Gandal Gando. Comme vient de l'être au Cambodge du nom de Marguerite Duras la structure enfin construite pour protéger les rizières. Dans les années cinquante, l'écrivaine avait été révoltée, en effet, de voir leur destruction régulière par le sel des marées et par les inondations consécutives aux pluies, surabondantes en Indochine française pendant la mousson. Cette colère, elle avait su l'exprimer en même temps que celle contre la dure condition des femmes dans leur combat pour la vie à travers *Un barrage contre le Pacifique*, un de ses romans portés à l'écran.

Une telle initiative mettrait en évidence de façon symbolique, ici et maintenant, comme on aurait dû le faire, là-bas à l'époque, l'apport de la littérature et, en particulier d'un auteur de son vivant, à la défense, à la maîtrise et à la mise en valeur de la nature.

Restera, pour couronner le tout, à inscrire la candidature du Cirque au patrimoine mondial de l'Humanité dans le cadre de l'UNESCO. Même si, avec ses jolies princesses – les dix collines de Dongora –, il est déjà protégé de façon sourcilleuse par la Dombi majestueuse. Le Pique-Nique n'aurait pu évidemment s'y installer dans le confort sans ses rochers décrivant des façades, des gradins, des tables, des podiums... d'une grande facture artistique et technique, pourrait-on penser, alors qu'elle est géologique. Et l'on réalise qu'il suffirait d'une plus grande intelligence entre l'homme et son cadre de vie pour que plusieurs paradis terrestres et non pas un seul, céleste et reporté à l'éternité, se conservent de nos jours en maints endroits.

Elle est d'une telle beauté, la sorte d'amphithéâtre naturel dans cette immense clairière, juste aux pieds de la montagne et si près de la rivière ! J'ose une comparaison : le cadre n'a rien à envier – au contraire – à un certain bord blésois de la Loire qui avait émerveillé, en son temps, l'auteur de *La Légende des Siècles*.

Attention ! Je viens de me rendre compte que je ne me suis pas présenté. Vous m'avez peut-être reconnu mais ma distraction est impardonnable. « L'épistolier céleste » vous rappelle-t-il quelqu'un ? Je veux dire que je suis l'auteur de la *Lettre au Ciel* encore disponible au Forum du www.Gando.com.

Il n'était pas dans mon intention de jouer le narrateur-modérateur à partir de ce chapitre du récit ! Je m'y colle sans y être pour rien. L'interactivité, c'est M. Gando qui l'a souhaitée. J'accepte tout simplement, moi, d'exécuter volontiers la partition qu'il a estimée me revenir de droit. À tort ou à raison, je l'ai prise pour telle, sa volonté.

Autant de culture que d'eau !

J'ai l'habitude, c'est vrai, de taquiner des hauts sommets européens et, une fois au moins, je l'ai fait en compagnie de M. Gando. De là est née notre complicité. Et, si vous voulez mon avis, je la trouve petite, la montagne locale. Il n'empêche, elle est ravissante, elle aussi ! Sous certains angles, les nombreux effets d'optique aidant, l'intervalle entre son plus haut sommet et le lit de la rivière paraît aussi impressionnant et vertigineux que celui des plus hauts massifs. Alors, montagne pour montagne, elle me convient, en définitive, la belle d'ici !

Le ciel de Dongora, comment est-il donc ? Hé bien, il est… tel que le voient tous ceux qui en ont l'opportunité en cette saison ! Il est surtout comme ne sait pas l'être, certains jours, celui au-dessus de la *Tête de Vautisse*. C'est-à-dire bleu. Il est bleu, le ciel sur Dongora et ce n'est pas une lapalissade ! Car, étant de ce bleu si bleu, il fait mentir de manière éhontée quelques-uns de mes amis, des anciens hôtes de pays avoisinants, qui m'ont juré qu'il ne l'était jamais assez dans ces contrées éloignées de tout. Mais Dongora, par ses moindres aspects, n'est-ce pas une Commune plutôt proche de tout ce qui est beau sur la planète ? …

[Bleue ! On ne devrait jamais résister au plaisir de restituer à la chère planète cette couleur qui lui va comme un gant.]

Mais, alors même qu'elle est d'une réalité magnifique à en devenir fière et – pourquoi pas ? – orgueilleuse, Dongora semble si réservée qu'on la croirait plutôt surgie, par un nombre important de ses composantes, des pinceaux d'un peintre figuratif aux dons inégalables. Continuerait-elle de paraître irréelle pour une simple question de latitude ? Et la verrait-on mieux à sa place ailleurs ?

La chute d'eau, par exemple ! Édénique est l'image qu'elle renvoie de son envergure. Ne la voyez-vous pas, à son tour, donner l'impression de sourdre puis de jaillir d'une cruche monumentale, inclinée exprès du haut de la falaise ? Regardez-la se jeter avec cette violence parfaitement maîtrisée, en contrebas ! C'est pour servir les bassins inférieurs en différentes étapes qui atténuent sa fougue avant qu'elle ne regagne son lit. Ainsi alimente-t-elle à mi-hauteur, avec le ralentissement esthétisant de son débit, cette ingéniosité de la nature : une crique incomparable.

Dans l'espèce de piscine d'altitude, le creux carré aménagé, dirait-on, par un architecte fort inspiré, lui aussi, des privilégiés ont à juste raison ce sentiment de ne jamais se baigner deux fois dans la même eau parce qu'ils ont, eux, l'agilité, l'entraînement et l'équipement pour y accéder.

Chauffée à partir d'une certaine heure, plus ou moins tôt selon les mois de l'année, l'eau en rétention provisoire est plus souvent d'une assez bonne température. La double raison ? Sa propre exposition aux premiers rayons de soleil du matin autant qu'aux derniers du soir. Et l'insolation, carrément, des rochers la délimitant du bon côté – exprès, pourrait-on penser –, pour lui restituer au fur et à mesure l'intégralité de la chaleur emmagasinée à longueur de journée.

Aux étages suivants, la chute en effervescence redevient un ensemble de voilages, de tentures, de moustiquaires à des endroits, justement, où l'altitude et la fraîcheur de l'air ne donnent aucune chance de survie au plus petit moustique.

Vues de plus loin, enfin, les parties les plus amples de la cascade ressemblent à des écrans blancs, géants, sur lesquels le soleil, grâce à une sorte de curieuse mise en scène, projette par intermittence des feux d'artifice de substitution. Des arcs-en-ciel, en fait, d'autant plus merveilleux, d'autant plus émouvants qu'ils font penser à des embruns. Mieux, ils évoquent des nuages de confettis fabriqués à partir de pétales de roses rouges, blanches et roses, de brins de muguet et de boutons de mimosas !

La nature a encore pourvu à tout, décidément, elle qui *a* tant *horreur du vide*. Ainsi ne pourra-t-il, un jour, être nulle part raconté que les fleurs habituelles à offrir à qui de droit ont manqué à Gando lors des premières rencontres autour de son oeuvre.

[N'importe quel auditoire aurait été admiratif devant cette observation exaltée d'un athlète au corps buriné d'adepte de la randonnée en montagne et de l'escalade. Contemplation si bien rapportée par les bons soins du conteur qu'il sait être, à l'occasion, avec son esprit vif de magicien de la métaphore. La figure de style la plus pertinente, à n'en pas douter, pour réussir à traduire la beauté sinon à la décrire. En tout cas, plus efficace que la peinture et même plus fiable que la perception directe de la réalité. Il faut espérer que les lecteurs seront impressionnés par sa prose dont il vient de donner ici un échantillon.

« L'interpellateur du Ciel » puisqu'il s'agit de lui, en effet, l'aurait voulu depuis le début, il aurait pu jouer avec talent le rôle du narrateur principal. Surprenant, à ce propos, qu'il n'ait même pas jugé utile de prendre part au débat public de la Rotonde. Mais, maintenant qu'il est lancé dans l'écriture, il semble assez tenté de ne pas vouloir s'arrêter en si bon chemin. Il doit savoir pourtant que moi, le Petit Horloger Complice, je peux avec le concours du narrateur principal décider à tout instant de lui « couper le sifflet ». Je préfère utiliser l'expression familière pour mieux marquer sa complète subordination à ma volonté. Et, de lui « clouer le bec », de lui « plomber les doigts » sur le clavier de l'ordinateur, plus exactement, je m'y essaie depuis un certain temps afin de lui éviter – et aux lecteurs surtout – de trop longues digressions. Sauf que l'ayant de toute évidence sous-estimé, je constate que j'en suis réduit à le lire en train de poursuivre sa narration sans entrave, « cheval de Troie » intrépide.

Mais, après tout, à bien y réfléchir, quel mal y aurait-il à ce qu'il en aille du roman et du récit comme par exemple du relais 4X200 mètres aux Jeux Olympiques ? La course gagnée est d'autant plus méritoire que chaque athlète, à son tour, a porté haut l'étendard de l'équipe sur sa portion du parcours.

Par ailleurs, s'il est ridicule – on l'a vu – de parler « d'écrire à quatre mains » quand on n'est que deux à le faire, n'est-il pas courant « d'écrire à plusieurs mains » ? Des journaux proposent souvent de tels exercices à leurs lecteurs. Un thème. Une phrase ou deux ou trois. Un paragraphe. La rédaction est lancée. Les uns à la suite des autres, tous ceux qui le veulent, y ajoutent le développement souhaité. Au bout du temps imparti, se trouve écrite une histoire collective, belle quelquefois.

C'est donc sur le même modèle que, depuis une demi-douzaine de pages, « le relais » est déjà confié à « l'épistolier céleste ». À charge pour lui de courir sans faute la dernière ligne droite. Et puis, si tout se passe bien, il sera peut-être appelé à d'autres fonctions tel qu'on le dit dans la Commune. Pourquoi pas à la Direction de Publication du Guide Vert ? Pourquoi pas, immédiatement après, au Consulat Pléni-potentiaire de Dongora pour l'Europe ?

En tout état de cause, il ne semble pas se faire du souci quant à son aptitude à raconter la suite en gardant le souffle. Et l'on ferait bien de le lire sans préjugés.

À commencer par la ressemblance qu'il trouve immédiatement entre la perception d'un personnage de ce roman par un autre et le jugement par les siens d'une célébrité musicale concernée par la nouvelle confirmée en ce matin du 26 juin 2009. Annoncée au conditionnel sur un site Internet, hier autour de minuit, heure française soit aux environs de seize heures, heure américaine, celle de Los Angeles très précisément, elle va vite enflammer les médias du monde entier :

MICHAEL JACKSON est mort à cinquante ans des suites d'un arrêt cardiaque !

C'est l'écoute de la radio publique annonciatrice de l'événement, enfin authentifié, qui lui donne l'occasion d'y prêter attention. Il procède en quelque sorte comme le font aussi bien Gando que Lecok mais aussi Etnak Ramuo et les *alter ego* des uns et des autres. Écrire sur un sujet sans jamais se refermer complètement sur lui au point de s'exiler des fracas du monde. Rester donc toujours en éveil sur tous les faits et gestes susceptibles, sait-on jamais, d'enrichir en chemin le thème du récit choisi au départ. La méthode consiste à garder ouverte en continu une lucarne Internet sur son écran d'ordinateur pour pouvoir, quand les actualités diffusées le méritent, y réagir aussitôt.

Un philosophe est en train de disserter sur les limites à fixer à la caricature, à l'humour et au respect des droits de l'homme en France. Exercices dont les abus et les dérives, constatés par lui tous les jours, constitueraient des menaces sérieuses pour la démocratie. Il est soudain interrogé sur la disparition du chanteur.

– Il ne représente rien pour moi.
– Pour moi, il ne représente rien ! se reprend-il, de peur de laisser subsister la moindre équivoque.

Cependant, il reconnaît, à son grand effarement, l'immensité de l'émotion provoquée au niveau planétaire.

Le philosophe ne goûte pas du tout la *Pop*, les auditeurs l'auront compris. Il ne mesure en aucune façon l'étendue de la perte que constitue la mort du *King* de ce genre musical. Il ignore que le chanteur a composé en 1985 avec Lionel Richie *We are the world, we are the children…*, une chanson exécutée par quarante stars internationales et dont les très bonnes ventes ont permis de récolter des fonds importants en faveur des enfants d'Éthiopie frappés par la famine. Ce geste charitable tel qu'en lui-même pourrait d'ailleurs ne faire ni chaud ni froid au philosophe. Les nombreuses autres initiatives du chanteur pour les orphelins ou contre le sida non plus. Et, à n'en pas douter, sa danse emblématique, le *moonwalk*, ce réjouissant défi visuel au sens de la gravitation, ne lui démangerait pas plus le pied droit que le gauche !

Les médias en ont-ils trop fait sur la couverture de la nouvelle, malheureuse tout de même ? Certainement. Elle n'est pas moins phénoménale, l'indifférence affichée par esprit de contradiction d'un penseur qui, pourtant, à une radio culturelle cousine de celle de ce matin, n'a de cesse de pontifier au cours de son rendez-vous régulier. Il y ratiocine sans arrêt autant sur la banlieue française métropolitaine, ce cancer avec ses innombrables métastases, que sur la mentalité d'assistées des communautés ultramarines ou sur la composition noire en majorité de l'équipe française de football !

Pas assez philosophiques, les vérités à trouver autour des questions liées à l'enfance et à la jeunesse ? Dans celles relatives à l'apparence, l'idolâtrie, la perception de la perfection de son corps ou de son imperfection, la transparence, le recours au masque et au camouflage, la métamorphose, la transgression ? Ne le seraient pas davantage les questions de l'identité quêtée, assumée, subie ou reniée ? Pas plus que ne pourraient l'être les notions du temps qui passe et qu'on refuse de voir passer sur soi ? *La vie qui vaut* ou qui ne vaut pas *la peine d'être vécue ?* La mort qu'on redoute ou, d'une façon ou d'une autre, qu'on se donne ? L'émotion individuelle, familiale, nationale, internationale, planétaire ?

Est philosophique ce que notre philosophe, seul, considère comme tel !... Et pour lui, à coup sûr, Michael Jackson « ne représente rien, *le seul chanteur noir qui ait tant et « si bien évolué » qu'il est devenu une femelle blanche*, comme ont osé accabler le pauvre, certains des siens.

À « l'interpellateur du Ciel », il n'a pas du tout échappé que le bien-nommé Typo d'Aguerre a

proféré dans ce livre-ci un constat identique sur Gando.

Rien que cela justifie ce rapprochement en quelques lignes.]

La fête a eu vite fait de se couler dans les somptueux décors de La Roche de Dongora comme si ces derniers avaient été créés sur commande pour l'accueillir en toute dignité.

À boire, les amateurs peuvent en disposer à flots : de la plus naturelle des boissons à la plus élaborée ! Eaux de montagne avec ou sans *dhadhi kamarè*. Jus de fruits divers : d'ananas, de mandarines, d'oranges, de pamplemousses. Breuvages et nectars nombreux, plus ou moins énergisants suivant les procédés utilisés, semble-t-il, pour les produire : par ébullitions, émulsions, extractions, décoctions, macérations, panachages, pressions, pressurages, saignées, trempages… Aussi bien de pulpes des fruits courants que de chairs des boules des arbres à caoutchouc, de gousses sèches des fruits de l'arbre à pains pour les singes, de feuilles d'hibiscus, de graines des nérés et des tamariniers, de lait des noix de coco, des racines du gingembre, de sèves des troncs de palmier. Cocktails sur fond d'armagnac, cognac, cointreau, eau-de-vie, gin, grand marnier, marie-brizard, martini, rhum, vodka ou whisky. Avec caramboles et/ou citrons, corossols, fruits de la passion, goyaves, grenades. Vins variés d'Afrique du Sud, d'Amérique, d'Espagne, d'Italie, de France : blancs, jaunes, rouges, rosés. Des cuits aux champagnisés en passant par les mousseux. Bières locales : de maïs, de mil, de riz. À côté de celles de blé, de houblon, d'orge… des meilleures brasseries allemandes, australiennes, belges, françaises, hollandaises et tchèques. De la blanche, de la blonde, de la brune, plus ou moins amères les unes et les autres et titrant entre 4 et 7,9%…

[Pour concourir à la réussite arrosée de l'événement, aucune représentation consulaire commerciale n'a mégoté son partenariat, comme on le voit.]

À manger sont offerts dans une présentation appétissante des brochettes de viande de bœuf, des grillades de poulets, de crabes farcis, de gambas et de poissons, des méchouis. À côté de ces victuailles carnées, trônent bols de ragoûts de patates douces, calebasses de fonio aux gombos et aux aubergines, corbeilles en poterie contenant des dômes de riz blanc, écuelles de plantains frits, plats d'attiéké aux oignons et aux tomates, plateaux de semoule de maïs, jarres de lait frais et de lait caillé…

[Je profite d'un moment de relâchement de « l'épistolier céleste », emporté par sa gourmandise, pour placer une petite observation. La seule que je pourrais peut-être faire, même moi le narrateur principal, dans l'espace ici accaparé. Ma dernière du récit, probablement.

D'ailleurs, combien je serais heureux s'il pouvait se terminer par cette victoire de l'abondance et de la joie sur le manque et la misère. Opulence que je souhaite voir bientôt partagée dans la réalité par de nombreuses populations dans le monde. Je sais bien que je fais un rêve mais je ne m'en interdis aucun même pas le plus fou.

Ma remarque ? allez-vous me demander. Elle est la suivante : *le lait est le seul aliment qui ne soit pas superflu pour un bon moyen-montagnard.*

– Faux ! Tu oublies les figues dont il ne saurait se passer non plus, intervient le Petit Horloger Complice profitant, lui aussi, de la rupture constatée dans la poursuite de la relation... « épistolaire ».

– Oui, mais c'est là une denrée moins vitale pour lui. Je veux surtout que l'on sache la chose pour moi primordiale : *s'il est un grand organisateur de ripailles festives occasionnelles, le Moyen-Montagnard est d'une frugalité quotidienne plutôt*

Autant de culture que d'eau !

déconcertante. Il est gourmand et même plutôt fin gourmet mais davantage des nourritures de l'esprit que de celles de l'estomac. C'est très important et je tenais à le dire. Sur ce, je disparais et toi aussi, PHC, je l'espère.]

En guise de dessert, sont présentés des avocats, des bananes, des dattes, des… figues, des mangues, des papayes – des vertes et des mûres –, des pastèques. Fruits entiers ou en salades : à composer soi-même dans les quantités voulues, selon ses goûts et ses couleurs, avec des morceaux prédécoupés en boules, en demi-lunes, en dés, en triangles mais aussi en tranches respectueuses de l'aspect initial de chaque fruit … Un régal visuel avant d'être gustatif.

Café plus ou moins épais et parfumé, citronnelle, thé vert, thé noir, thé rouge, quinquéliba pour aider à pousser le tout et garantir aux convives une digestion facile sans trop de nuisances sonores. Même si, avec l'ambiance générale, elles risquent peu d'être entendues, celles-là. Mais, il vaut tout de même mieux s'assurer une disponibilité… totale – enfin, autant que possible ! – du moindre auditeur pour la suite des Assises littéraires, seules justifications du festin, somme toute.

Quel bonheur de pouvoir se délecter des senteurs se mêlant et se distinguant sans jamais devenir agressives pour les narines les plus délicates ! Faut-

213

il préciser que la Commune n'a pas eu besoin de recourir à des traiteurs réputés qu'ils n'auraient pas trouvés, de toute façon, pour fournir cette restauration de qualité ? Ont campé derrière les fourneaux, depuis l'avant-veille sur les lieux-mêmes du Pique-Nique, des mères de famille volontaires aidées de leurs plus grandes filles. Elles n'ont d'ailleurs pas manqué, les femmes, de se disputer quelquefois avec les hommes et surtout avec les grands garçons un peu lourdauds. Inutile de cacher que ces derniers ont été réquisitionnés par M l'Adjoint au Maire qui, lui-même, n'a pas répugné à mettre la main à la pâte, chaque fois qu'il l'a pu.

Sous la houlette de M. Waliou Ba, le bataillon masculin a donc été utile non seulement pour installer les tentes, creuser des fosses au-dessus desquelles dresser les broches à méchouis et les barbecues mais aussi pour accommoder, cuire même, présenter et servir certains plats. Il ne m'en voudra pas de révéler que, de ses séjours moscovites pour ne parler que d'eux où il a souvent fait la fête avec maints Sahraouis, Marocains, Tunisiens et Algériens, M. l'Adjoint au Maire a rapporté en plus de ses parchemins prestigieux des aptitudes culinaires précieuses. En particulier, les façons d'assembler les ingrédients à farcir des volailles, des fruits de mer et de… rivière, les manières d'assaisonner, d'accommoder les abats et tous les bas morceaux, de badigeonner et de faire mariner carrés et tendrons d'agneau ou pièces de bœuf, n'ont aucun secret pour lui.

L'ambiance égayée par des notes discrètes de kora, pendant la durée du repas, est d'une grande douceur. Les convives ne se sentant à aucun moment bousculés savourent les mets de leur préférence. Non sans s'être informés, au préalable, de leur composition et en avoir goûté le maximum, arpentant, tous les sens éveillés, les différents buffets. Leur répondent avec amabilité tout en leur facilitant le service les hôtesses d'accueil au charme tentant et tentateur. Mais elles ont une éducation et une distinction naturelle, suffisantes, pour intimider dragueurs à la petite semaine, coureurs invétérés et séducteurs novices, enhardis visiblement par les seules quantités de « boissons toniques » ingurgitées.

Un festival un peu plus sonique s'installe peu après quand les derniers gros mangeurs, rompus à leur tour, ont baissé les armes. Avec la musique des flûtes traversières, des violons et des luths moyens-montagnards, l'atmosphère est à la nostalgie pour commencer. Les paroles auraient été chantées en même temps, l'on aurait appris avec elles les raisons du choix d'appeler la Commune aussi bien que le pays et sa capitale du nom de Dongora. Elles tiennent en un mot : entente. Une valeur précieuse depuis qu'elle a été acquise entre ressortissants des Hauts du Pays, éleveurs, et ceux des Bas-fonds, agriculteurs, grâce à une habile conciliation initiée par les sages des deux groupes, après plusieurs conflits entre eux dont les causes sont faciles à deviner. Les instrumentistes interprètent donc ces mélopées populaires retraçant les tribulations mémorables de ces populations religieuses et néanmoins querelleuses. Laborieuses aussi, de leur état, quand même, comme indiqué et pas tueuses du tout, elles ont pu enfin être stabilisées et apaisées par l'attrait partagé de la rivière commune.

Des récitations réussies de poèmes classiques d'auteurs africains, arabes – dans le texte – et français succèdent à des exercices de slams, plus laborieux, sur fond de musique raï et rap. Les mêmes récitants, des écoliers, miment ensuite la vie quotidienne des habitants de la Commune dans des saynètes d'un incroyable réalisme. Avant de jouer les mannequins en herbe et de présenter des lignes de vêtements féminins et masculins pour enfants et adolescents.

Les regards se déplacent instinctivement vers ce qui vient de captiver les oreilles de tous sur le plus grand des podiums : des concerts de *kossans-kossans*. Rien à voir avec *kossan* signifiant lait encore que ! Peut-être bien que si ! Quand on pense que ce sont des sortes de maracas qui, au lieu d'être des coques contenant des grains durs, sont faites en rondelles de calebasses, les meilleurs récipients pour contenir... le lait. Mais, qu'à cela ne tienne ! Empilées sur des baguettes incurvées, ces pièces bien sèches s'entrechoquent pour scander le rythme voulu dès qu'elles sont agitées avec plus ou moins de force dans un sens ou dans un autre. Se mettent au même diapason, les bruissements des perles dont sont parées les jeunes danseuses, des cheveux aux chevilles en passant par les hanches. S'y accordent, enfin, tantôt les trépignements de leurs pieds, tantôt les battements de leurs mains, tantôt les claquements de leurs doigts.

Étonnant d'entendre comment ces derniers sont détournés pour produire des percussions. Il s'agit en fait de craquements des doigts : banales techniques pour se délasser les mains fatiguées et préliminaires amoureux dans l'intimité des moyennes-montagnardes expertes en la matière, je veux dire dans la manipulation à faire craquer les doigts des moyens-montagnards et autres si affinités. Recourbés l'un après l'autre, ceux de la main gauche sont pressés au fur et à mesure du pouce à l'auriculaire contre la paume de la main droite et produisent chacun un son différent, un ton. Pressés tous ensemble, ils en produisent un autre, plusieurs autres selon la virtuosité des « instrumentistes ». Il suffit qu'elles changent de doigts en passant à ceux

217

de leur main droite, de l'auriculaire au pouce, pour pouvoir produire des gammes différentes. Ainsi pour accompagner leurs chansons successives portant sur des mariages, des baptêmes, des fêtes communales et même pour entonner des berceuses en plein jour, n'ont-elles pas besoin de calebasses retournées sur des bassines d'eau, de *djembés*, de guitares ou de balafons...

Commencent, alors, les joutes vocales. En de telles circonstances, selon un ordre immémorial de préséance, elles sont masculines, les premières voix à se produire. Suivent, seulement après, les féminines. Voix d'hommes, voix de femmes, elles demeurent posées dans leur registre coutumier. Rauques et intimidantes face à des contradicteurs imaginaires à travers les gorges des chanteurs, elles sont, en passant par celles des chanteuses, douces et consolatrices pour des compagnons aimés, méritant un repos apaisé après le labeur ou l'affrontement de quelque ordre qu'il soit.

Mais, à la surprise générale, solos alternés, duos, trios, chœurs d'hommes et de femmes, carrément mêlés, s'improvisent. Pour la première fois, filles et garçons, femmes et hommes donnent de la voix en concert dans un chant choral des plus poignants. Les vidéos de la Grande Chorale Internationale, projetées pendant le repas d'accueil de la veille,

Autant de culture que d'eau !

n'ont certainement pas, du soir au lendemain, déclenché une révolution. Mais, comme elles ont été visionnées depuis plusieurs mois à la Rotonde pendant les préparatifs des assises, elles ont pu faire leur effet. Et, l'équipe municipale ou quelqu'un en particulier a peut-être voulu surprendre les invités tenus au courant, dans leur ensemble, de la tradition communale de stricte séparation des voix selon le sexe.

[À supposer donc que les Assises de Dongora ne réussissent que le seul exploit pouvant paraître bien mince, elles auront, en réalité, permis la réalisation d'un grand miracle. Qu'il ne soit pas strictement… littéraire importe peu !]

D'immenses calebasses déboulent sur la scène et roulent toutes seules. C'est d'ailleurs à se demander comment. Elles vont, viennent, tournent, retournent, décrivent des s, des huit et des cercles, en se croisant sans se frôler, avant de se ranger les unes en face des autres dans une position de défi. Non sans continuer pendant un instant de tourner à tour de rôle sur elles-mêmes comme des toupies. À leur arrêt définitif, en sortent comme éjectés par des automatismes les célèbres danseurs aux *barayas*. Ces petits hommes – par la taille – portant les fameux grands pantalons aux fonds bouffants des moyens-montagnards qui ont inspiré à leurs « parents à plaisanterie », ressortissants des savanes limitrophes, la moquerie célèbre :

– *Ils sont vraiment prétentieux, ces Moyens-montagnards. Nous faire croire qu'ils en ont assez entre les jambes pour remplir leurs barayas !*

Ils dansent, ils jonglent, les petits acrobates. Fiers justement de leurs grands *barayas* qui, tels des serpents à leurs charmeurs, obéissent au doigt et à l'œil aux joueurs successifs d'instruments différents. Et, quand s'égrènent les notes pénétrantes des flûtes traversières, les pantalons vite retournés comme par une soufflerie prennent l'air à l'envers. Alors, ils enflent de manière progressive pour devenir des montgolfières, réduites à une taille au-dessus de celle des hommes pour ne laisser paraître d'eux que leurs petits pieds nus.

Ne s'agitent et ne s'ébranlent plus sous les yeux des spectateurs médusés que des sortes de très gros champignons dans une chorégraphie, sans jeu de mots ni mauvais esprit, hallucinante. Pour se rapprocher de la réalité, c'est d'ailleurs une toute autre allusion qui conviendrait puisque la plupart des champignons sont des amanites phalloïdes. Et que la scénographie est digne de celles qui déclenchent des polémiques tous les étés au Festival d'Avignon en France.

Un saut acrobatique d'avant en arrière et inversement, tous à la ronde dans un sens de la scène puis dans l'autre, avant un retourné sur place : les *barayas* reprennent leur position normale entre les jambes des danseurs. Énormes protubérances, suggestives à souhait, pour intimider les « ennemis » en vis-à-vis dont ils raillent réciproquement les gigantesques mais impuissantes « hernies » en tissu.

Les *bolons*, contrebasses entêtantes à devenir envoûtantes à la longue, suppléent les flûtes. Un déhanché à gauche et les fonds des pantalons sont déjetés à droite, tels des filets de pêcheurs lancés à l'eau. Un déhanché à droite et ils partent vers la gauche toute, tels des parachutes qui s'ouvrent. Un pivot synchronisé et les voilà revenus à l'avant s'élevant de façon à pouvoir boxer les fronts des danseurs. Un pivot dans le sens inverse les fait basculer vers l'arrière d'où ils remontent vite pour décocher des uppercuts contre leurs nuques.

Au bout d'un moment de cette tourbillonnante et froufroutante danse de déhanché-déjeté, les petits hommes feignent le k-o, titubent, serrent les jambes juste au moment où les airs des flûtes traversières reprennent leur suprématie pour commander les figures de la scène finale. Les *barayas* se dégonflent alors et, flapis, se retirent des petits hommes par le haut et fondent dans le ciel, plus biodégradables que discrets. Car, leur bruit rappelle celui des brûleurs de mise en marche des montgolfières ou celui des ballons multicolores allant en vrille après avoir perdu subrepticement les ficelles emprisonnant l'air avec lequel ils ont été gonflés. L'on imagine combien la déflagration est impressionnante quand explosent en même temps quarante ou soixante *barayas* !

Les danseurs recouvrent leurs entrejambes nus, rendus à leurs justes et bien plus modestes proportions, les *barayas* ayant tout emporté ou presque sur leur passage. Et ils sont d'autant plus honteux qu'ils découvrent à ce moment-là seulement que les flûtes sont jouées pour la première fois aussi par… des femmes.

Quelques pirouettes et cabrioles pour le baroud d'honneur et ils reprennent, chacun, de la manière la plus féline que possible, leurs places dans les calebasses. Ces dernières roulent, vont et viennent, se croisent sans se frôler, décrivent des s, des huit et repartent. Non pas comme elles sont arrivées mais sur les têtes des danseurs, exfiltrés au dernier moment pour pouvoir les porter, après avoir joué de la percussion dessus avec les innombrables bagues à leurs doigts. Le spectacle est ahurissant mais il n'est pas dit qu'il ait été du goût de tout le monde…

Autant de culture que d'eau !

[– Oiseau de mauvais augure..., entonne avec moi le Petit Horloger Complice, avant que nous ne contrôlions plus, plus rien, alors là, plus rien du tout...]

Et si, jamais, il y avait eu un crime ? …

« **AVEC NOUVELLES DU MONDE.COM**,
TOUS LES FAITS EN DIRECT 24H/24.
NOUVELLES DU MONDE.COM,
LE SITE DE TOUS LES SITES,
LE RÉSEAU DES RÉSEAUX,
LE FLUX DES FLUX.
NDM, C'EST
L'ACTU DANS LES FAITS, D'ABORD.
NDM, C'EST
L'ACTU PAR LA SYNTHÈSE, ENSUITE !

Faites parvenir vos sons et vos images !
SMSez, bloggez, gazouillez, faites buzzer…
& NDM.com synthétisera le tout pour ses NDMnautes !

À Dongora, coulera à nouveau la rivière

C'est peut-être bien un drame qui s'est joué à Dongora. Les nouvelles sont encore rares quand elles ne sont pas parcellaires, confuses et, parfois, contradictoires en provenance de cette Commune ayant donné son nom à un très beau petit pays d'Afrique de l'Ouest rendu soudain célèbre par la tenue de sa Première Fête Littéraire, un Colloque de portée internationale.

Comme toujours, nous vous avons retransmis en direct la cérémonie d'ouverture et donné des extraits des échanges du premier jour d'une tenue et d'une densité appréciables. Ces images sont encore à l'affiche sur le Site et elles ont été vues telles quelles aux quatre coins du monde. Partout, elles ont retenu l'intérêt aussi bien des professionnels que des amateurs de livres et de littérature.

Mais voilà qu'en plein banquet, dans la mi-journée du deuxième jour, auraient été entendus des tirs d'armes automatiques, des explosions de grenades, des cris, des vociférations d'ordres et de contre-ordres. Auraient été vus de curieux hélicoptères desquels auraient sauté en parachutes des commandos armés jusqu'aux dents. Tirant sur tout ce qui bouge, ils auraient brandi des fanions bigarrés et des banderoles accusatrices pour les unes et revendicatrices pour les autres. On ne sait pas encore contre quoi ni contre qui.

Et si, jamais, il avait eu un crime ?...

Auraient suivi une panique monstre et une confusion générale provoquant bousculades, piétinements, écrasements, affolements et peut-être précipitations de foules entières dans la rivière. Dongora, il faut le rappeler, c'est aussi, c'est surtout, une rivière houleuse par endroits en certaines périodes. Il faudrait craindre, hélas, la survenue d'une terrible catastrophe.

Vous êtes bien sur NDM.com, radio-web et web-télévision des Nouvelles Sans Interruption, votre Site Internet préféré. Et vous avez mille fois raison de faire ce choix judicieux de média dès que les événements s'emballent au fin fond du moindre recoin de la planète. Merci de votre fidélité.

Restez donc connectés en continu ! NDM.com est le Site le plus apte à vous tenir au courant des faits se produisant partout, à l'instant exact où ils se déroulent. C'est, surtout, le seul capable de vous les faire comprendre, après, dans les meilleurs délais.

À la suite de cette première synthèse, encore des faits, toujours des faits, rien que des faits. En vrac, d'abord et, dans la foulée, une autre synthèse pour que sur la Toile même vous puissiez vous faire une... Net(te) opinion. »

Une prouesse, vraiment, que de pouvoir maintenir le contact avec Dongora comme souvent avec tous les lieux où l'actualité se met à chauffer et à bouillir de manière inattendue !

NDM.com y arrive en toutes circonstances grâce à ses réseaux de correspondants spontanés, en général les mieux placés au cœur des événements. D'un niveau économique, socioculturel et technologique appréciable, ils ont toujours la présence d'esprit, avant leurs voyages, de s'équiper en téléphones portables des plus performants parmi les plus récents. De ce matériel dont la puissance et les fonctionnalités égalent ceux des dirigeants des pays avancés à l'occasion de leurs déplacements. Dans le cas d'espèce, ils sont disséminés dans la foule d'invités des Assises littéraires.

Ce sont ces envoyés spéciaux d'un genre nouveau qui postent leurs « reportages » sur NDM.com. Et, quand il leur arrive d'être dépassés par les événements ou de n'y comprendre goutte, ils recueillent les avis d'autochtones de leur rencontre qu'ils estiment capables de décrypter la situation. Ainsi NDM.com a-t-il invariablement la primeur des faits à travers le vaste monde. Et de l'ampleur des gestes de ses nombreux habitants peut-il rendre compte à partir des endroits où ne se hasardent même plus les journalistes.

Et si, jamais, il avait eu un crime ? ...

Voici, sans attendre, livrées comme elles sont arrivées, les premières images suivies des premiers textes :

***

GAZZOUILLIS/HAM.PAM. 13h30.
Vidéo sans commentaire : pas grand-chose de visible ni d'intelligible. Obscurité lacérée par des sortes d'éclairs. Lasers géants ? Balles traçantes ? Fusées offensives ou festives ? Beaucoup de bruits indistincts.

— La nuit tombe en pleine fin d'après-midi. En lieu et place de la sono festive, des bruits d'hélicoptères et des tirs d'armes automatiques dignes de *Platoon*, film américain sur la guerre du Vietnam.
De slamgaz

— Ça tire de partout. Effroyable comme la montagne alentour produit et amplifie les échos ! Qu'est-ce qui se passe ? Qui veut quoi ? Qui en veut à qui ? Pourquoi ? Quand et comment tout cela va-t-il finir ?
De twitagain

— L'affolement est général et le sauve-qui-peut risque d'être catastrophique. Le plus pénible, c'est la poussière. Des tourbillons brassent la prairie. Un incendie est à craindre. Difficile de distinguer quoi que ce soit.

De slamgaz

— Un branle-bas de tous les diables. Des explosions sourdes. Des coups de canons, des cris, des pleurs, des hurlements, des sirènes... Des roulements de tonnerres. Le ciel, lui-même, semble s'être mis de la partie.

Rappel très important : le www.Gando.com, c'est le lien à consulter pour s'imprégner de la littérature de Gando et prendre connaissance du calendrier des Assises littéraires.

De dixitdos

— Oui, mais il est inaccessible à présent. Sa page d'accueil affiche depuis quelques minutes un énorme scorpion noir. Et pour la quitter, l'Internaute n'a d'autre choix que d'éteindre et de rallumer l'ordinateur.

De locutosum

***

Et si, jamais, il avait eu un crime ?...

TYP/DAG. 13h40.

Vidéo exclusive ! Scènes d'enfer : tout ce qui peut brûler est pris dans un immense brasier. Après avoir couru dans tous les sens, des hommes, des femmes, des enfants, affolés, se jettent à l'eau, emportés aussitôt par le torrent.

– Comment une si belle fête a-t-elle pu virer aussi rapidement en cauchemar ? Sans doute du fait d'une attaque de commandos religieux. On parle des *bolons batas* et de leurs armes : les *barayas*.

– Ce seraient des hommes de petite taille qui porteraient dans leurs pantalons de zouaves des explosifs d'un genre nouveau. Plus destructeurs que ceux dans les ceintures des commandos-suicides *d'Al-Qaida*.

– De nombreuses menaces, on le sait maintenant, ont été reçues en provenance d'adeptes d'une certaine secte, *Les Frères Abstinents*, depuis les débuts de l'élaboration du projet des Assises littéraires.

– Sur www.Gando.com, ces intimidations ont été gardées secrètes et, de toute façon, n'ont été prises au sérieux ni par Gando, ni par Espérance, ni par Jessy, ni encore moins par M. Waliou Ba.

Commentaires successifs du vidéaste amateur

233

À Dongora, coulera à nouveau la rivière

***

GAD/PYT. 13h50.

Des extrémistes religieux dénommés *Les Frères Abstinents* ont annoncé avoir été choqués par la débauche organisée par M. Waliou Ba et n'avoir pas apprécié les piques réitérées de Gando contre la Foi.

– Qu'ils soient brûlés vifs, ces deux-là ! Ce sont des ennemis de Dieu. Le culturel dans leur rendez-vous ? Il tient dans les trois premières lettres de leur mot-prétexte. Ils sont plutôt réunis pour une fornication mondiale.

De Wârèmaoudo

– Vrai ! Et le coup de force est dirigé contre M. l'Adjoint au Maire chargé de la Culture. Des banderoles l'accusent de s'occuper, depuis l'élection de son équipe, de la seule construction de son image personnelle.

De Bidom

– Les Assises de Dongora sponsorisées par les puissances d'argent sont la démonstration d'une connivence avec des intérêts étrangers. Pas étonnant qu'elles finissent dans la tragédie !

De Melpam

Et si, jamais, il avait eu un crime ?...

***

DONG/KOL. 14h00.

Elles sont pertinentes, toutes ces analyses. Comme si on ne pouvait pas parler de littérature sans ingurgiter des quantités d'alcool, importées à grands frais. C'est une atteinte aux trois piliers de la Piété.

– Si ce n'est pas scandaleux ! En une matinée, il aura coulé dans les gosiers autant d'alcool que d'eau dans la Dongora. Trop liquide, leur culture, pour ne pas être suspecte. Si, encore, ils faisaient la promotion du lait !

De Wârèmaoudo

– Ce sont des tonnes de livres de la Foi qu'il aurait fallu déverser sur Dongora et non des litres de whisky. La population, demandeuse de textes saints, ne méritait sûrement pas cette invitation à la débauche.

De Bidom

– Ce n'était pas M. Wali, peut-être. Mais, c'était bien son frère, le communiste qui mangeait en plein carême et fumait une pipe à longueur de journée, n'est-ce pas ? L'antireligieux notoire, il était de sa famille !

De Wârèmaoudo

— Ce vétérinaire en tournée ne s'éclipsait-il pas aux heures de prières et ne pressait-il pas les sages de terminer au plus vite leur gymnastique pour qu'il continue leur formation à l'élevage moderne plus utile ? disait-il.

De Melpam

***

SAS/SRAS 14h20.

Comment la posture de l'aîné aurait-elle pu ne pas attirer des foudres contre l'ambition du frère cadet ? Le premier ne se cachait plus. Il tirait sur sa pipe à l'heure des prières et crachait sa fumée sur les prieurs.

— Tout le monde a laissé faire ce marxiste-léniniste sans penser qu'il pouvait faire des émules. Il n'a plus jamais mis les pieds dans un lieu de prière depuis son retour des maudits pays communistes.

De Bidom

— M. Wali, cadet, n'entretient pas moins l'illusion d'être la rectitude en personne. En phase avec son pays et ouvert à l'étranger. C'est, en vérité, un jouisseur fini. Il ne rêve que du blanchiment des pratiques des siens.

De Melpam

Et si, jamais, il avait eu un crime ?...

— Facile de se parer de la vertu de ses parents quand on est soi-même un mécréant. La piété reconnue du père des Ba ne les exonère pas de respecter les croyances communes et ne les autorise surtout pas à les ridiculiser.

De Wârèmaoudo

— Assises ou colloques ne sont que des prétextes pour railler les valeurs de Dongora. Le but poursuivi est limpide comme l'eau de nos sources : une propagande pour l'adoption de pratiques évoluées soi-disant.

De Melpam

Rappel très important : le www.Gando.com, c'est le lien à consulter pour s'imprégner de la littérature de Gando et prendre connaissance du calendrier des Assises littéraires.

De dixitdos

— O.K. Tu vas bientôt y arriver. La page d'accueil affiche maintenant une horrible Faucheuse et une belle Tête de mort. Reste qu'on ne peut toujours pas la quitter sans devoir tout éteindre !

De locutosum

***

TY/POUNTCH. 14h40.

En toute dernière minute : Des morts sont à déplorer. La situation restant trouble, personne ne sait où trouver les principaux organisateurs de la Rencontre. L'hypothèse d'une prise d'otages n'est pas à écarter.

– Des hélicoptères ont emporté pour une destination inconnue des personnalités triées et reconnues à l'examen de leurs badges. Elles n'ont offert aucune résistance. Étaient-elles seulement en mesure de le faire ?

De twitagain

***

KOLY/MBA. 14h50.

Espérance a bien reçu des mails de menaces d'un groupe opposé à l'œuvre de Gando considérée comme impie. En substance, ils lui prédisaient une fin tragique s'il n'arrêtait pas ses attaques répétées contre la Foi.

Rappel très important : le www.Gando.com, c'est le lien à consulter pour s'imprégner de la littérature de Gando et prendre connaissance du calendrier des Assises littéraires.

De dixitdos

Et si, jamais, il avait eu un crime ?...

— Bon D… de bon sang, ne serais-tu pas par hasard un diffuseur de spams ? Après combien de rappels comprendras-tu que le site pour lequel tu fais de la pub est frappé de « déni de service » ? Il parle pourtant, ton pseudo.
De locutosum

www.Gandos.cowww.Faitdosgfaitout.orgwww.Gandos.com

***

RUM&POT. 15h00.
Impossible d'avoir une connexion. Avez-vous compris le rôle joué par Jessy Lane auprès de Gando et d'Espérance ? Ne serait-elle pas une simple intrigante, cette bonne femme ? Bonne ! Enfin, si on veut.

— N'aurait-elle pas sacrifié sa vie pour être la maîtresse de celle de Gando ? Pour ensuite écrire sur lui avec tout le confort ? N'aurait-elle pas orchestré tout ce cirque de mèche avec une organisation terroriste ?
De Pyt

— Ce n'est plus une supputation RUM & POT et PYT. C'est du délire. Votre imagination est encore plus débridée que celle d'un écrivain. Il s'est toujours

239

trouvé des muses autour des créateurs quoi qu'ils en disent eux-mêmes.

De slamgaz

— Blasphémateur ! Il ne peut exister d'autre créateur que le Créateur, Le Plus Grand, Le Seul, L'Unique. *Les Frères Abstinents* sont ses serviteurs sur Terre et sûrement pas tous ses écrivains plutôt pornographes.

De Wârè

***

PYT/GOR 15H10.

www.Faitdongfaitout.org, c'est le lien que vous devez consulter si vous voulez savoir ce qui s'est réellement passé à Dongora. Un grand polémologue y donne une explication et un commentaire intéressants.

— Connexion difficile à www.Faitdongfaitout. org ! Plusieurs fois, le surfeur est redirigé vers le www.Gando.com qui plante, lui aussi, à tous les coups. Impossible de le quitter après sans éteindre l'ordinateur.

De dixitdos

Et si, jamais, il avait eu un crime ?...

– En attendant, les assaillants ne semblent pas avoir fait de détail. Des cadavres jonchent le sol quand ils ne « nagent » pas dans la rivière. Les coupables auront à répondre d'un crime monstrueux.
De Ty/Pountch

***

RUM & POT à PYT/GOR 15h30.
Que sont devenus l'écrivain, sa femme, leurs invités ? Faudra-t-il les rechercher dans les corps entassés ou dans les criques ? Et si jamais il y a eu un crime de masse, à qui ou à quoi profitera-t-il ?

– À l'humanité entière, débarrassée de mécréants notoires. L'idéal même, c'est que l'on ne retrouve jamais trace de leur existence de débauchés. Retenez-le : *Les Frères Abstinents* vaincront !
De Wârè

www.Faitdongfaitout.orgwww.Gando.comwww.Gandos.co
www.faitdosgfaitout.org

***

www.Faitdongfaitout.orgwww.Gando.comwww.Gandos.co
www.faitdosgfaitout.org

GAZZOUILLIS/HAM.PAM.16h00.
Alerte maximum à l'adresse de tous les médias :

Toutes les craintes sont confirmées. La belle fête littéraire de Dongora a été transformée en un carnage. La dépouille de l'écrivain, celles de sa femme et de leurs amis ont été authentifiées parmi de nombreuses autres.

***

URGENT ! Du Service de Communication du Secrétariat général de l'UNESCO 16h30.

Le Secrétaire général de l'UNESCO rappelant le préambule de l'organisation mondiale reconnaît dans les événements de Dongora une tragique atteinte à la liberté de penser. Il suggère un deuil à l'échelle internationale.

L'ombre pour la proie

[L'émotion est planétaire. Et Dongora par-ci et Dongora par-là, la belle Commune qui aurait mérité tout sauf cette publicité macabre supplante instantanément tous les autres lieux où l'actualité continue d'être bouillante.

Pas un espace de média au monde qui n'accorde la primeur au drame sanglant et n'explique ce qu'est *La Triade de la Piété*, qui sont *Les Frères Abstinents*, depuis quand se sont constitués les terroristes *bolons batas*, d'où viennent-ils, en quoi sont fabriqués leurs explosifs dénommés *barayas*.

Sont inventoriées par des experts, cartes à l'appui, les zones d'extension d'*Al-Qaïman*, une branche de la *TrilAtérale*, toutes deux, organisations terroristes d'un style nouveau dont ils révèlent l'existence, seulement après coup...

Quelles retombées pour les livres de Gando ?

Les chroniqueurs littéraires ne s'étant pas empressés d'en rendre public le contenu avant que ne le frappe le basculement de l'actualité, les éditorialistes politiques n'ont pas daigné, eux non plus, y jeter un coup d'œil pendant et après la tragédie.

À leur décharge, la nécessité et l'urgence d'en découdre au plus pressé avec le fanatisme religieux sur lequel doivent être focalisés tous les éclairages.]

***

– Connexion à www.faitdongfaitout.org impossible ! Plusieurs fois, le surfeur est redirigé vers le www.Gando.com où il se retrouve avec la page d'accueil qu'il ne peut plus quitter sans éteindre l'ordinateur.

De dixitdos

***

KOLY/MBA à RUM & POT et à dixitdos 17h00

Faux ! Moi, j'y suis arrivé avec www.Gando.com. C'est étonnant, il a été mis à jour pour la dernière fois à 16h45 ! À force d'obstination, je l'ai eu donc et j'y ai vu une vidéo sur *la danse des barayas* ! …

Rappel très important : le www.Gando.com, c'est bel et bien le lien à consulter pour s'imprégner de la littérature de Gando et prendre connaissance du calendrier des Assises littéraires.
De dixitdos

***

TY/POUNTCH à RUM & POT et PYT/GOR et Cie 17h35.

Sur www.Faitdongfaitout.org, j'ai pu lire et même enregistrer le commentaire. Je le propose à tous en copié/collé sur NDM.com. On ne sait jamais, le lien est peut-être de simple circonstance !

« LA RENCONTRE DE DONGORA : UN FIASCO SANGLANT !

Contre des femmes et des hommes de culture, le fanatisme religieux a commis un ignoble attentat

L'abondante littérature touristique nous a familiarisés avec certaines Savoies et Suisses africaines que ses auteurs ont su dénicher parmi quelques-uns des endroits merveilleux du « Berceau de l'humanité », rares images flatteuses dudit continent. La lire donc, de temps en temps, change des chroniques habituelles relatant les sempiternelles ténèbres dans lesquelles végètent les pauvres populations de ces régions déshéritées.

Désespérant tout de même qu'il n'ait jamais été constaté d'autres similitudes afro-européennes que celles relevant du relief, de la végétation et du climat ! De fait, il ne peut encore traverser l'esprit de personne – et pour cause – de comparer les situations sociales, économiques et... culturelles, par exemple, des habitants de ces paradis d'Europe et de ceux de leurs homologues d'Afrique.

Ainsi l'idée de construction dans une contrée de la Moyenne-Montagne ouest-africaine d'une ville qui n'ambitionnait pas moins que de devenir la Florence, l'Athènes ou la Vilnius des Tropiques, constituait-elle un pari merveilleux et, à la limite, audacieux !

La splendide localité de Dongora, puisqu'il s'agit d'elle, a bel et bien rêvé d'abriter la première ville africaine de la culture. La volonté d'un maire et d'un écrivain, des électeurs du premier, des lecteurs du second, des amis et des alliances des uns et des autres a presque donné un début de réalité au songe.

De tous les horizons, en effet, ils ont décidé de faire le déplacement, les amis des livres. Lecteurs chevronnés, ils voulaient, pendant trois bonnes journées, confronter leurs points de vue sur les divers aspects de l'œuvre du même écrivain, un ressortissant de Dongora. Et, au-delà de toute espérance, des échanges qui, partout ailleurs, auraient été hâtivement bâclés se sont déroulés dans la durée convenable, du moins le premier jour et avec toute la profondeur que requiert une telle entreprise.

Patatras! Les choses ont tourné au tragique au cours du banquet offert le lendemain. Plusieurs observateurs ont déclaré avoir soudain eu l'impression de ne plus vivre une fête littéraire mais une vraie agression aux armes lourdes. Pas d'autre mot que la guerre, à leur avis, pour décrire la tournure prise par les événements. NDM.com, site partenaire, en a longuement rendu compte.

Deux ou trois invités, antireligieux notoires aux libelles célèbres, tel l'auteur de la fameuse *Lettre au Ciel*, les multiples avis très réservés de Gando sur le rôle de la religion, le festin arrosé d'alcool, – curieux *ApérEau-livres*, en effet ! – les spectacles ouvertement féministes et parfois provocateurs auraient-ils heurté des notables religieux, relais locaux des *Frères Abstinents* ?

UNE TRILATÉRALE DE LA FOI REPOSANT SUR TROIS PILIERS

L'on est en droit de s'interroger. Étant donné que la radicalisation religieuse a été freinée à Dongora depuis l'instauration de l'entente domaniale entre les éleveurs et les agriculteurs plus ou moins religieux et animistes, les uns et les autres, selon les circonstances. Même si des membres d'une certaine secte ont parfois défrayé la chronique dans un pays limitrophe à l'Est. À savoir ces groupuscules dits *Compagnons de Prières*, appuyés par *Al-Qaïman*, branche africaine d'une *TrilAtérale* qui s'écrit aussi et se prononce : *3lAtérale*. Les trois A signifiant : Afrique, Arabie, Asie.

L'Internationale Révolutionnaire morte et enterrée depuis bientôt deux décennies, c'est *La Fratrie Pieuse* dans le cadre de *La TrilA*, en abrégé, qui a eu tout le loisir de prendre sa place. Avec d'autant plus de facilité que l'individualisme dévastateur a installé dans l'ensemble du monde riche ses quartiers barbelés et électrifiés contre lesquels butent les nombreux émigrés des pays du reste du monde de plus en plus appauvris.

Seuls *Les Frères Pieux* s'estiment désormais être en train d'œuvrer pour le Salut de l'Humanité. À en croire leur profession de foi leur procurant, disent-ils, beaucoup d'adeptes dans les trois continents. Ils n'en font que deux, à bien compter mais qu'à cela ne tienne ! Trois **A** égalent trois continents, ne serait-ce que sur le plan démographique. *Les Soldats de la Fraternité Pieuse* n'ont, toujours est-il, aucun mal à fédérer les très nombreux convertis à la sainte et sacrée détestation des valeurs blanches, occidentales.

Et l'on pourrait se contenter d'ironiser sur les visées de *La Triade de la Piété*, autre appellation de *La TrilAtérale*, révoltée que les trois piliers de *la Foi Abstinente* fondée sur les trois **R** : Rupture, Retenue et Rétention ne soient pas les soutènements des sociétés non européennes. L'on aurait tort, ses méthodes étant exterminatrices des masses si peu rétives soient-elles et aussitôt considérées pour cette raison comme des ennemies de Dieu, le Sien et qui devrait être celui du monde entier.

UNE DILUTION DES VALEURS ANCESTRALES

Dans le cas spécifique de Dongora, *La Triade* lui reprocherait de prêter le flanc à une dilution de ses valeurs ancestrales, jetant du coup l'anathème sur son maire et sur le copain écrivain de celui-ci, « bons complices dans l'entreprise si maléfique ».

Leurs us et coutumes, les ressortissants de Dongora pourraient à la rigueur les « blanchir » à l'arabe ou les « jaunir » à l'asiatique, les orientaliser, en somme. Mais à les « blanchir » à l'européenne, à l'américaine, à l'occidentale ! Alors-là, ils commettraient un grave péché.

Né **A**, c'est-à-dire Africain, par exemple, l'être humain doit mourir **A** soit encore Africain ou à la rigueur Arabe ou Asiatique. Et, inversement, bien sûr. Voilà ce que dicte *l'impératif pieux*. Il édicte une totale allégeance à *La Triade de la Piété, Fraternellement TrilAtérale* ! Bis repetita placent, n'est-ce pas ?

Le bilan du drame de Dongora est lourd, très lourd. De nombreuses morts sont à déplorer et leur décompte semble, de toute façon, impossible à établir étant donné la proximité de la rivière, de la falaise, de tous les refuges de fortune et des guets-apens naturels dus à la rude configuration des lieux. Et, compte tenu du fait qu'on ne peut encore savoir non plus combien de personnes se trouvaient à la *Fétôrè Dongora*. Il faudra attendre, pour cela, que les organisateurs, s'il en reste parmi les survivants, ouvrent leurs archives numériques. Problématique pour tout dire, comme le www.Gando.com est Hors Service…

L'ombre pour la proie

POUR SAUVER DES ÂMES : PRENDRE LE MAQUIS !

Quel sort espérer pour les blessés ? Toute la question est de savoir s'il y en a qui ne l'ont pas été, la panique s'étant emparée de l'ensemble des participants. Il faut vraiment être d'une cruauté sans bornes pour perpétrer un attentat dans ces lieux si beaux mais qui ne sont accessibles et ne peuvent être quittés que dans un certain ordre et avec une grande patience.

L'armée dongorienne est mobilisée ainsi que celles des pays voisins. Les secouristes de tous les pays de la région, aussi et même la Croix Rouge Internationale. Mais le problème n'est pas tant non plus que la solidarité internationale joue. L'attentat ayant été revendiqué par des fanatiques, l'on craint fort la présence de maquisards qui n'hésiteraient pas à tirer sur tout ce qui arriverait du ciel.

Qui seraient-ils vraiment ? De quel armement disposeraient-ils ? Que voudraient-ils ? Quelle serait leur détermination ? En un mot, jusqu'où iraient-ils ? La tragique ironie de la situation étant que les restes du banquet leur fourniraient plus que de la nourriture et des boissons de survie.

L'on peut dire pour conclure momentanément que dans l'état actuel des analyses, la lueur d'espoir est que personne n'imagine un ressortissant de Dongora capable de se rendre complice des commanditaires ni a fortiori d'être un des exécutants d'un crime de cette horreur.

Que s'est-il donc réellement passé ? S'est-il vraiment produit quelque chose d'aussi tragique ? Nous continuons notre enquête. Aussitôt que nous en saurons davantage, nous vous en tiendrons informés. »

De J-Vulcain Ferluci pour www.Faitdongfaitout.org et sites associés

Rappel très, très important : le www.Gando.com, c'est le lien à consulter pour s'imprégner de la littérature de Gando et prendre connaissance du calendrier des Assises littéraires.

De dixitdos

— Je voudrais bien mais la page d'accueil affiche désormais un énorme serpent à lunettes, un effroyable cobra. Et aussitôt que l'on retouche à la souris, la gueule du reptile crache un grand incendie virtuel.

De locutosum

www.Gando.comwww.Gando.cowww.Faitdongfaitout.org
www.Gando.comwww.Gando.cowww.

L'ombre pour la proie

Faitdongfaitout.org
www.Gando.comwww.Gando.cowww.
Faitdongfaitout.org
www.Gando.comwww.Gando.cowww.
Faitdongfaitout.org

DERNIER RAPPEL !

Je dis bien dernier rappel : le www.Gando. com, c'est le lien à consulter pour s'imprégner de la littérature de Gando et prendre connaissance du calendrier des Assises littéraires.

De dixitdos

— Ça y est ! C'est gagné, cette fois ! Il est actif à nouveau le www.Gando.com. Enfin, pas encore tout à fait. Mais, on peut y lire un communiqué. Peut-être comprendra-t-on bientôt ce qui s'est passé.

De locutosum

« AVIS À TOUS LES GANDONAUTES !

Victime d'une puissante cyberattaque, votre Site n'a pas pu rendre compte du déroulement complet des rencontres de Dongora à partir de la fin de la matinée du second jour.
Mais les Gandonautes pourront bientôt visionner les nombreuses vidéos réalisées. Elles sont de toute beauté.

À faire regretter les absents de la Grande Première et à leur donner envie de participer à la Seconde Édition. Probablement aux mêmes dates. Entre Gandonautes, nous n'aurons pas assez de toute une année pour tirer les multiples leçons des rencontres en vue d'organiser encore mieux les prochaines.

Dans l'attente du plaisir de reprendre très vite nos échanges, veuillez accepter les excuses et les salutations vigilantes de l'équipe de www.Gando.com. Nul doute qu'elle devra se renforcer pour espérer continuer à parler de littérature dans des meilleures conditions. »

– Étonnant ! Il n'est pas question de la tragédie. Le site de l'auteur pratiquerait-il la rétention d'information ? Ne devrait-il pas, lui, la vérité aux lecteurs ? Voudrait-il faire croire l'écrivain indemne ?

De dixitdos

AVEC NOUVELLES DU MONDE. COM,
CE SONT TOUS LES FAITS EN DIRECT 24H/24 !
NDM.COM, C'EST AUSSI, C'EST SURTOUT L'ACTU EN SYNTHÈSE, PEU APRÈS !

ALERTE ! EXCLUSIF ! ALERTE ! EXCLUSIF !

UN CANULAR, LA TRAGÉDIE DE DONGORA ?

Il a été dit et écrit n'importe quoi sur le déroulement et l'issue des Assises littéraires de Dongora. Pendant plusieurs heures qui ont paru des éternités, diverses supputations ont fleuri. Encore que les plus folles n'ont même pas été portées à l'attention des Internautes, NDM.com ayant craint, quant à lui, et même flairé assez vite des probables manipulations. Et, contre les zombies, le site est désormais paré, que l'on se rassure !

Quand les soi-disant informateurs n'ont pas pensé à un braquage, ils ont avancé l'idée d'une attaque de rebelles. Aussitôt qu'ils ont abandonné l'hypothèse d'un coup de force politico-militaire, ils ont évoqué celle d'une prise d'otages après un attentat terroriste sanglant...

Sur la disparition violente probable de l'écrivain autour de qui était organisé le colloque, ils ont laissé courir les rumeurs les plus alarmantes. De même sur le sort de Jessy, d'Espérance, de M. le Maire Adjoint, le maître de cérémonie, et des amis des uns et des autres. NDM.com, avant tout autre média, est en mesure, aujourd'hui, de faire le point de la situation et de tirer la conclusion qui s'impose.

D'événements tragiques, il n'y en a pas eu un seul. Le banquet dans la clairière de *la Fétôrè sur Dongora* s'est poursuivi sans anicroche. Du spectacle et encore du spectacle, les ressortissants de la Moyenne-Montagne en ont produit toute l'après-midi. À boire et à manger, ils ont servi à tout moment. Invités et hôtes se sont régalés jusque très tard dans la nuit. Ce qui n'a pas altéré leur enthousiasme, le lendemain, pendant la clôture des Assises au cours de laquelle la plupart ont souhaité se retrouver tous les deux ans aux mêmes dates. S'il a été débattu des thèmes possibles de la deuxième édition, la décision d'en retenir un sera prise, comme pour la première rencontre, par échange Internet.

D'hélicoptère, il y en a bien eu un. Un seul. Celui affrété par des partenaires des cérémonies pour parer à toute urgence éventuelle. Le jour du banquet, il a atterri et décollé à deux reprises aux confins de la clairière dérogeant un peu, ce faisant, aux consignes de sécurité. La première fois, c'était pour emporter les Lejus-Alcan dans le pays de leurs autres amis au nord de Dongora. Et la deuxième, c'était pour ramener une heure plus tard Espérance, Jessy et Gando qui les y ont accompagnés par courtoisie.

La tragédie de Dongora est un énorme canular virtuel, par conséquent. Elle se résume pour tout dire en une attaque en règle dite « déni de service » du www.Gando.com pendant quelques heures et une

« zombification » complète du site NDM.com par dizaines de chevaux de Troie interposés. Un temps trop long pour que les Internautes s'aperçoivent que tout ce qui a été dit et montré des crimes commis par les prétendus fanatiques religieux n'a pas eu un début d'existence.

Tout n'aura été que l'œuvre de vrais terroristes du Net, ces « maniganceurs » d'événements, comme on les appelle. De ces apprentis d'Orson Welles non plus seulement pour créer de bric et de broc des sons et des bruits. Comme lui à l'époque par le truchement de la radio. Mais, pour fabriquer aussi des images, de plus ou moins haute définition, comme à la télé de nos jours, à l'aide d'un simple téléphone portable.

CANULARS HISTORIQUES PLUS OU MOINS TRAGIQUES

Un petit rappel : le canular historique sur CBS en 1938 du jeune animateur américain de radio avant qu'il ne devienne plus tard le célèbre réalisateur de films a consisté à décrire, comme un authentique envoyé spécial, l'invasion de la Terre par des Martiens. Reportage bidon mais à ce point vraisemblable qu'il a déclenché un mouvement de panique.

Longtemps, Dongora restera plutôt synonyme de ce canular-là plutôt que de celui de Timisoara, tragique réellement quant à lui. Ici aussi un rappel s'impose. À la chute du régime de Ceaucescu en décembre 1989, en Roumanie, les médias ont annoncé soixante-dix mille cadavres trouvés dans des charniers. Loin d'atteindre le nombre répété en boucle, la plupart avaient, qui plus est, été déterrés à la hâte des cimetières.

Mais, Timisoara qui rime d'ailleurs moins pauvrement qu'on pourrait le croire avec Dongora, quand on tend bien l'oreille, a été et demeure une toute autre ville, heureusement. Redevenue de nos jours une métropole culturelle européenne, elle a, dans le passé, inspiré à Jules Verne un de ses romans les plus populaires *Le château des Carpates*.

NDM.com n'est peut-être pas dans le secret des créateurs ni ne lit par-dessus leur épaule, comme savent le faire certains, mais son partenariat avec www.Gando.com l'a au moins familiarisé avec l'œuvre de Gando. Ainsi ne résiste-t-il pas à la tentation de laisser sous-entendre que les préoccupations de l'écrivain de Dongora dans son dernier livre ont une certaine résonance avec ce qui s'est passé dans *Le château des Carpates*. Mais, de quoi ce récit parle-t-il donc pour oser un rapprochement d'une telle témérité ?

Une cantatrice italienne, la Stilla, est fiancée à un jeune comte. Un baron est follement épris d'elle.

L'ombre pour la proie

Le jour où elle doit se marier, elle meurt sur scène comme transpercée par le regard du baron. Entre les deux hommes, s'installe une haine réciproque. Le comte voyage pour oublier et se trouve devant le château de son ennemi. Réussissant à y entrer, il entend et voit la Stilla chanter !

Un inventeur excentrique au service du baron a mis au point un système lui permettant de projeter sur un miroir un portrait en pied de la cantatrice tout en diffusant sa voix enregistrée. Le comte qui se précipite vers elle est poignardé par le baron...

Il y est traité, comme on voit, de la maîtrise de l'enregistrement de l'image et du son, de l'illusion venant des images, ces « artifices d'optique ». Au point que certains analystes et pas des moindres en sont arrivés à penser que ce roman publié en 1892 annonce une sorte de télévision ou de cinéma en relief.

Le meilleur méritant comme toujours une place à la fin : il y est question surtout de la ... voix, merveilleuse, charmante et enivrante de la Stilla.

N'évoqueraient-elles vraiment rien, la voix et sa détentrice, la belle cantatrice italienne ? Et Gando ne serait-il pas une sacrée tomate, en définitive ?

De Canto Alto pour NDM.com et sites associés

[Que vient donc d'écrire Gando ? Un roman, un récit, un essai, une fiction ? De la poésie à l'occasion ou tout n'y serait-il que de la prose ? Y aurait-il de l'autobiographie par moments voire de l'auto… ?

– Sûrement pas de l'*autofiction* ! Mille fois non, de toute évidence !

– De l'amour ?

– Oui, à toutes les pages et il serait amusant de le retrouver – des traces seulement, parfois – dans ses différentes déclinaisons. Une petite piste : il monte, l'amour comme le désir qui le stimule, en même temps et du même côté que le récit qui se noue. Et, quand les deux atteignent le seuil critique, la phase dite en plateau, il y reste, lui, haut perché pour laisser retomber seul de l'autre côté, le récit se dénouant. Il n'est pas du tout asymptotique d'une de ces courbes de croissance-décroissance – en l'occurrence le « U » à l'envers – brandies ces années 2008-2009 par des économistes, facétieux malgré eux, pour expliquer la Crise mondiale.

C'est plus fort que lui, et vous l'en voyez désolé, Gando, de devoir obliger certains à consulter le dictionnaire afin de percevoir la figure géométrique. Geste qui devrait plutôt être un réflexe, à son avis, mieux un plaisir. Même pour un allergique pourtant aux mathématiques, comme lui, il n'existe pas de meilleure image pour décrire les rapports entre la courbe du sentiment et le fil du récit. Et, puis il n'est pas mécontent du tout d'utiliser en littérature une de ses rares réminiscences de cette science si l'on y ajoute le logarithme népérien et les formules incantatoires en trigonométrie.

– Il ne sera donc pas revenu au galop, le naturel chassé de Gando ? L'auteur, pour une fois, aura pu rompre avec l'obsession de son pays et de son continent ? Mais alors, n'aurait-il pas perdu au change ou opéré un quelconque transfert ?

– Il faudrait voir ! ...

– Et où en est-il avec son identité ?

– Il ne semble toujours pas se réclamer d'une, spécifique, mais bien, contre vents et marées, de son humanité habituelle.

– Quid de « sa sensibilité de femelle » ?

– Avoir celle d'une femme c'est, à n'en pas douter, le plus beau compliment qu'il aimerait recevoir. Le reste, ma foi ! J'ai dit ma foi ? Je me reprends : le reste, tant pis ! comme il dirait, lui.

– Enfin, Jessy satisfaite – que dis-je : heureuse – de cette œuvre-ci ? Plus qu'avec les précédents livres de son ami ? Est-ce d'ailleurs, lui, l'auteur du livre qui se referme ?

– Vous en avez sûrement une idée, chers lecteurs, aussi avisée que celle de mon Petit Horloger Complice et peut-être plus que la mienne, moi, le narrateur principal.

– Ne pensez-vous pas que le livre entre vos mains – pour ce qu'il comporte d'inachevé – en appelle tout à fait logiquement un autre, en commande même plusieurs autres ?

– Qui pourront être non plus seulement les œuvres de Gando mais aussi celles de Jessy, d'Espérance ou de Typo d'Aguerre.

– Quant à l'âge butoir de soixante-dix ans, y croyez-vous ? Pensez-vous, vraiment, que Gando arrêtera d'écrire de son vivant ?

– Moi, le narrateur principal, j'en suis persuadé mais je sais que vous deux, joyeux lurons, vous êtes d'un avis tout à fait contraire. Sachez, de toute façon, que j'ai été ravi, moi, de conduire ce récit avec votre concours précieux.

– Alors, à bientôt, peut-être, si vous acceptez de m'accompagner dans la conception et l'écriture du prochain, le premier du compte à rebours !]

Table des matières

Elle s'appelle Lane, Jessy Lane	9
Il s'appelle Gando, Didi Gandal Gando !	23
Moi, c'est moi ! Qui, donc, seraient-ils, eux ?	55
Tous à DONGORA !	115
Autant de culture que d'eau !	195
Et si, jamais, il y avait eu un crime ? …	225
L'ombre pour la proie	243

Achevé d'imprimer le 28 février 2011
sur les presses de
La Manufacture - *Imprimeur* – 52200 Langres
Tél. : (33) 325 845 892

N° imprimeur : 11100 - Dépôt légal : mars 2011
Imprimé en France